ALPHAPOLIS
WEB CITY SINCE 2000

異世界をスキルブックと共に生きていく 1

A L P H A L I G H T

大森万丈
Banjou Omori

アルファライト文庫

主な登場人物
カシム
エレナの父で、
元冒険者。
エレナ
ケンゴの拠点《きょてん》を
取り仕切る少女。
ケンゴに心酔《しんすい》するあまり
時々極端《きょくたん》な言動も……
佐藤健吾《さとうけんご》
本作の主人公。
元はサラリーマンだったが、
神様に『スキルブック』を
与えられて
異世界に転移した。

クリフォード
アルカライムの町で、
冒険者ギルドの
マスターを務《つと》める。
マリア
狼獣人の少女。
奴隷商《どれいしょう》で酷《ひど》い扱《あつか》いを
受けていたところ、
ケンゴに救われる。
リン
マリアと一緒に
救われた
虎獣人の少女。
活発で元気が良い。

よくある異世界転移

目覚《めざ》めると、辺り一面が真っ白な空間にいた。

あまりにも現実離《ばな》れしていて、自分が置かれた状況が理解できない。

「ここはどこだ……？　それに俺はいったい……」

たしか、昨日自分の部屋で床《とこ》に就《つ》いて……それから……

「おはよう、佐藤健吾《さとうけんご》君。目が覚《さ》めたかい？」

突然声をかけられ、驚《おどろ》いて振り返ると……少し離《はな》れた場所に人の形をしたシルエットがぼんやりと浮かんでいた。

「びっくりしただろうから、先に自己紹介するね。もっとも、僕は特に名前を持っていないんだけど。君達の世界だと〝神様〟と呼ばれる存在かな」

「神……様……？」

普通ならくだらない冗談だと笑い飛ばすところだが、あの異様《いよう》なシルエットを前にすると、本当にこの声の主が神様なのではないかと思えてくる。

「そうだね。実は、少しお願いしたいことがあって、死後、君にこの空間に来てもらったところなんだ」

俺は神様（仮）が発した言葉に耳を疑《うたが》った。

「は？　死後？　俺は死んだんですか？」

「死因は心臓発作《ほっさ》。寝ている最中に、あまり苦しまずに死んだよ」

心臓発作⁉　どういうことだ？　じゃあ、今この場にいる俺は、魂《たましい》か何かだとでも言うのか？

「ちょ、ちょっと待ってください！　一度整理させてもらってもいいですか？」

「いいよー」

目の前のシルエット――神様（仮）に時間をもらい、今までのことを振り返ってみる。

すると死ぬ前（？）の記憶がだんだん蘇《よみがえ》ってきた。

仕事があり、趣味《しゅみ》があり、それを共に楽しむ友達がいた。そして、何より大切な家族も……

昨日まで生きた三十六年間の記憶が、止めどなく頭に流れ込んでくる。

明日の会議のプレゼンは大丈夫だろうか？　今週末は友人と釣《つ》りに行く予定だったし、来月には子供の誕生日《たんじょうび》もある。一緒に買い物に行く約束をしていたのに、結局何も買ってやれなかったな……

――いったいどれくらい考えていただろうか。

一瞬のようでもあり、もう何時間も経《た》っている気もする。この空間にいると、時間の感覚がおかしくなる。

視線を上げた先には、相変《あいか》わらずシルエット姿の神様（仮）がいた。

「もういいのかい？」

「まあ……なんとか。いくつか、質問をしてもいいですか？」

「いいよー」

「俺は本当に死んだのでしょうか？」

「間違いないよー」

いやに軽い口調《くちょう》が気になるが、神にとって人ひとりの生き死になど、その程度ということなのだろう。

「……そうですか。俺の家族がどんな状況かわかりますか？」

「ちょうど君の葬式《そうしき》が終わったところだね。よほどショックだったのか、奥さんは実家で静養《せいよう》するみたいだよ」

まさか妻より先に死ぬとは……悪いことをしたな……

目を伏《ふ》せ、しばし家族に思いを馳《は》せる。

「こちらから家族に何か伝えることはできますか？」

「それは無理だよー」

「ですよね……」

死んだ家族のメッセージを受け取ったなどと言うのは、怪《あや》しげな霊能力者くらいのものだ。

俺は深呼吸で気持ちを切り替えてから、次の質問をする。

「それで、何かお願いがあるということですが、どういった内容でしょうか？」

「これから異世界に行ってくれないかな？」

「は？　い、異世界……ですか？」

天国とか地獄《じごく》とか、死後の世界というわけではないのか。

「そうだよー。地球とは違う星……いや、そもそも存在する空間ごと違うから、完全に別の世界。つまりは、異世界に行ってもらいたいんだよ」

「そこはどんな場所なんですか？」

「地球と違って、科学ではなく、魔法と〝スキル〟で発展している世界だね」

「魔法とスキルですか……」

「魔素《まそ》と魔石《ませき》を使用することによって、魔法とスキルが使える――いわゆる剣と魔法の世界だよ。そういうのに憧《あこが》れたりしなかったかい？」

「ゲームとかは好きですが……それがリアルで起こるとなると、あまりピンときませんね」

「実はね……原因はわからないけど、その世界に必要なエネルギーが不足してきていてね。何千年かに一度、別の世界から魂《たましい》のキャパシティが大きい人に、エネルギーを持たせて転《てん》移《い》してもらっているんだよ」

「それに俺が選ばれたと？」

「その通り。魂の総量が大きい人は地球でも滅多《めった》にいないからさ。頼《たの》めないかな？」

「俺にできることなんですか？」

「転移してくれたら、特に何もしなくて大丈夫だよ。ただその世界で生きてくれさえすれば、エネルギーは充填《じゅうてん》されていくんだ。でも、向こうの世界ですぐに死なれると困るから、『健康で頑強《がんきょう》な身体《からだ》』と、ユニークスキル『スキルブック』を加護《かご》として与えよう。まあ、第二の人生だと思って気ままに暮《く》らしてよ」

「それなら俺でもなんとかできるかもしれないですね。他に選択肢もなさそうですし、受けますよ」

「いやー、助かるよ。お礼にスキルポイントを1000入れとくね。『スキルブック』は、現地で説明を見ながら試《ため》してみて。ここだと発動できないから。あと、こちらの願いを聞いてもらう代わりに、君の願いも一つだけ聞いてあげるよ。何かあるかい？」

「なんでもいいんですか？」

「では、残された俺の家族が幸せに暮らせるようにしてください」

「それでいいのかい？　君のこれからの人生に役立つスキルとかも付与《ふよ》できるよ？」

「やっぱり、家族が一番気がかりなので。神様に幸福を保証《ほしょう》していただければ、憂《うれ》いがなくなります」

「わかった、君の家族が幸福に人生を送れるように配慮《はいりょ》するよ」

「ありがとうございます。これで前に進めます」

「じゃあ、このままあっちの世界に送るね。あ、そうだ……向こうでは価値観がかなり違うから、精神的な耐性《たいせい》をつけておくね。それと、長く健《すこ》やかに生きられるように体もいじっておいたよ。君の第二の人生に幸多《さちおお》からんことを」

「え？　体をいじるって……」

俺はそのまま倒《たお》れるように意識を手放《てばな》した……

＊＊＊

気がつくと俺は海にいた。

どうやら、本当に異世界とやらに飛ばされたらしい。

俺の目の前には一面海が広がっていて、近くに島などは見えない。

振り返ってみると、鬱蒼《うっそう》とした森――いや、これはもうジャングルか――があった。

次に自分の状態を確認してみる。

まず目につくのは着ている服だが、こんな物は今まで見たことがない。生地《きじ》は普通の布みたいだけど……なんだろう、地味と言うか、とにかく現代っぽさが全然ない。

たとえるなら、ゲームに出てくる村人が着るような、無個性な服に似ている気がする。

何か持っていないか服のポケットを探《さぐ》るが、何も見つからなかった。

何度確認しても、道具や食料の類《たぐい》は一切《いっさい》出てこない。

マジか……はじめからサバイバルとか、難易度《なんいど》高いな……

「とりあえず、今日を生き抜くために、水と寝床《ねどこ》と……できれば食料が欲しいな」

だが、深い森に入るのに体一つでは心許《こころもと》ない。ああも草木が生い茂《しげ》っていると、鉈《なた》やナイフみたいなもので道を切り開かなければ、奥に進むのは困難そうだ。

何かないかと周りを見回してみたが、浜辺に多少の木々が打ち上がっているだけで、使えそうなものは何もない。

「どうしたものか……」

木陰《こかげ》で頭を抱《かか》えていたが、ふと神様が言っていたことを思い出した。

「そういえば『スキルブック』は説明を見て試せって……」

すると、なんの前触《まえぶ》れもなくボンッと音がして、目の前に大きな本が現れた。

「これが『スキルブック』か……？」

本を手に取って読んでいくうちに、なんとなく仕組みがわかってきた。

どうもスキルポイントを消費することで、この本に書いてあるスキルを得られるらしい。

たとえば、魔法の四大元素――火、水、風、土の魔法を取得するには100ポイントが必要になる。さらにスキルにはレベルがあり、取得したての状態でLV1。そこからレベルを上げるには初期取得値と同じ100ポイントを加算《かさん》していく仕組みだ。LV2まででで合計200ポイント、LV3で300ポイント、最高のLV10まで取得するには1000ポイント必要になる。雷や樹、氷や爆炎《ばくえん》などの上位属性の魔法はLV1で150ポイント、LV2までで300ポイントとなり、LV10にするまでに合計1500ポイント必要になるみたいだ。

『時空間魔法《じくうかん》』とかは最初から1000ポイントも必要なのか……。技能系もあるし、10000ポイントあってもすぐになくなりそうだな」

それから一時間、みっちりスキルブックを読み込んだ。

「よし！　まずはステータスっと」

声に出すと、目の前に半透明《はんとうめい》の文字盤《ばん》が現れた。

名前：佐藤　健吾
種族：人族《ひとぞく》？　性別：男　年齢：20　状態：正常
LV：1
生命力：10000　魔力：317
攻撃：5000　防御：5000
敏捷《びんしょう》：36　運：10000

【スキル】なし
【ユニークスキル】スキルブック　神の幸運

これは……他に比べて敏捷がやたらと低い代わりに、生命力や攻撃、防御、あとは運が高いな。……神様が言っていた『健康で頑強な身体』のおかげか？　まぁ、この世界の基《き》準《じゅん》がわからないから、なんとも言えないか……。最初からサバイバルは辛《つら》いけど、ユニークスキルも『神の幸運』ってついているし、意外となんとかなるかもしれない。

スキルをくれた神様には感謝しないといけないな。

年齢も地球では四十前だったのに、約半分の二十歳になっているみたいだ。

これが体をいじった影響だろうか？

とはいえ、ここには鏡もないし、自分の顔がどうなっているのかは確認のしようがない。

考えてもわからないので、早速魔法を試してみることにした。

魔法の四大元素をそれぞれLV5まで、『魔力制御《せいぎょ》（必要値100）』もLV5まで、全部合わせて2500ポイント分を取得した。

『スキルブック』の説明によると、魔法は自分の心臓と同じ場所にあるという魔石から生《せい》成《せい》した魔力を体内で循環《じゅんかん》させ、放出時に各属性に変換《へんかん》させるものだそうだ。

心臓と同じということは、体内に埋《う》め込《こ》まれているのか？

驚いて胸部《きょうぶ》に触《ふ》れて確かめてみたが、特に違和感《いわかん》はない。とりあえず、ここは地球とは違うのだし、そういうものだと思って納得するしかなさそうだ。

魔石からエネルギーを生成して血液と一緒に循環《じゅんかん》させるように意識したところ、『魔力制御』のおかげなのか、すんなり魔力の流れがわかった。第一段階は成功だ。

この後、魔力を各属性に変換するんだよな。スキルブックには属性をイメージすると書かれていたけど……とりあえず、火でやってみよう。

「火よ、出ろ」

頭の中で、手の平《ひら》の上に火が出るイメージを思い浮かべたら、実際にソフトボール大の火の玉が出現した。小さい火の玉だからか、消費した魔力は微々《びび》たるものだ。

この火の玉は手の平のすぐ上に浮かんでいるのに、全く熱くない。これ、本当に何かを燃やせるのだろうか？

試しに近くにあった流木《りゅうぼく》に飛ばしてみたところ……火の玉は着弾後大きな音を立てて燃え上がった。

「うおっ」

あまりの衝撃《しょうげき》にビックリして尻餅《しりもち》をついてしまった。

これは使い方を間違えると周囲や俺自身にも被害が出るな……。決してびびっているわけではないが、火魔法はあまり使わないようにしよう。

『風魔法』で大気を動かしたり、『水魔法』で水分を生成したり、『土魔法』で大地を隆起《りゅうき》させたりと、他の属性も一通り試してみた。

「ははっ、楽しいな！　これは！」

魔法は面白《おもしろ》い。いや、面白すぎた。

自分がイメージした通りに周囲に干渉《かんしょう》して、いろんなことができる。これが楽しくないわけがない。

久しぶりに童心《どうしん》にかえり、時間を忘れて魔法を練習——いや、魔法で遊んだ。

ところが、日が傾《かたむ》きかけた頃……

「うっ　気持ち悪い……」

突然、異変が起こった。

それは車や船で酔《よ》った時みたいな、胃がひっくり返るような……得《え》も言《い》われぬ不快な感覚だ。

急いでステータスで確認すると、317あった魔力が50を切っていた。

「魔力が完全になくなるとヤバそうだな……」

このまま砂浜で倒れるのはまずいので、森に近い平地部分に『土魔法』で――魔力残量に気をつけながら――ギリギリ人ひとり寝られるくらいの箱状の寝床を作った。

「もう無理……」

急いでその中に入り、俺は倒れるように意識を失ったのだった……

＊＊＊

翌朝、即席の寝床から這《は》い出《だ》してみると、既《すで》に日が昇《のぼ》りはじめていた。

周囲を見回しても相変わらず海と森。俺は大きな溜《た》め息をついた。

「やっぱり、夢じゃないか……」

一晩ぐっすり寝たはずなのに、体のダルさが少し残っていた。

念のためステータスを確認してみたものの、魔力は全回復していて異常はない。

「魔力を枯渇《こかつ》ギリギリまで使ったのが良くなかったのか？　いずれにしても、今試すわけにはいかないし、流石《さすが》に今日は森を探索《たんさく》して食料を確保しないと。まったく、異世界での第二の人生は幸先《さいさき》がいいな……ははは」

俺は『水魔法』で出した水を飲み、ぐったりとしながら呟《つぶや》いた……

「よし！　いつまでも落ち込んでいても仕方ない。気を取り直して探索の準備をするか！」

俺は頬《ほお》を両手で張って気合《きあ》いを入れ、『スキルブック』を開いた。

まず探索に必要な索敵《さくてき》系スキルの『気配察知《けはいさっち》（必要値１００）』をＬＶ５まで取得する。

これは、ＬＶ５で自分から百メートルくらいの範囲において、生き物の場所が明確にわかる優《すぐ》れものだ。別にジャングルが怖《こわ》いわけではないが、熊とか野犬とかに襲《おそ》われたら死にそうだし、このスキルは外《はず》せない。

次に、自分の気配に気づかれにくくする『隠密《おんみつ》（必要値１５０）』スキルをＬＶ１０まで上げた。

これで熊や野犬が近くにいてもやりすごせるだろう。万が一襲われたら対処できそうにないから、これも絶対外せない。何度も言うが、決してびびっているわけではない。

　後は生命線である魔法を強化する目的で、『魔力増大（必要値１００）』をＬＶ５まで取得。その効果で、ステータスの魔力が二・五倍になった。

同じく魔力系スキルで『魔力回復（必要値１００）』をＬＶ５まで……これは名前の通

り魔力の回復が早くなるみたいだが、まだ詳《くわ》しい効果は不明。

さらに、この世界にどんな動植物や道具が存在するのかがわからないので、『鑑定《かんてい》（必要値300）』をLV5まで取得した。

LV1では対象の名前が表示されるだけだったが、LV5でようやく詳しい情報が出るようになった。

最後に、『時空間魔法（必要値1000）』もLV1だけ取っておく。

説明を見たら、空間を操作《そうさ》することで別の空間に収納が作れるらしい。レベルを上げれば、空間の拡大や記録した場所へのワープ、さらに時を加速させたり止めたりもできるみたいだ。まさにチートな魔法だが、本当にリスクなしで時を止めることができるのだろうか？

安全確保のためにも早くレベルを上げたいけど、ポイント消費が大きすぎるので今回は見送っておく。

ちなみに、『時空間魔法』のLV1は、十坪《つぼ》ほどの時が停止した収納用の空間が作れるようだ。これで、鞄《かばん》も何も持っていない俺でも、探索中に見つけたものを収集できる。

「さぁ、冒険に行こうか！」

俺は森を見つめ気合いを入れ直して、声を上げた。

森の探索を始めて一時間くらい経っただろうか、『気配察知』に一つの反応があった。

おそらく、ウサギのような小動物だ。

とはいえ、まだ五十メートルほど離れていて、『鑑定』の有効範囲に入っていないので、断定《だんてい》はできない。

俺は『隠密』スキルを起動した状態で、少しずつ距離《きょり》を詰《つ》めていく。しかし、不用意に近づきすぎるのは危険だ。

遠目《とおめ》にも、額《ひたい》に角《つの》らしきものがあるのがわかる。普通のウサギでないのは明らかだ。

手に汗を握《にぎ》りながら、ゆっくりと魔法の発動準備をする。

確実に逃げられる距離を保《たも》ったうえで、ウサギ（仮）が草を食《は》んだ瞬間を見計《みはか》らい、『土魔法』で地面を流体化。ウサギ（仮）が沈《しず》んだところですぐに地面を硬化《こうか》して動きを封《ふう》じた。

大地から頭と前脚が生《は》えた状態のウサギ（仮）は脱出しようと暴《あば》れ狂《くる》うが、そこに切断をイメージした『風魔法』を放つ。

不可視《ふかし》の風の刃《やいば》がウサギ（仮）の半身《はんしん》を綺麗《きれい》に切断し、地面から血しぶきが上がった。

「よし！」

俺は勝利を確信して小さくガッツポーズをした。

だが、まだ近づきはしない。何せここは異世界……何が起こるかわからないからな。……決してびびっているわけではない。

五分ほど経って血が出なくなったところで、俺は隠密状態でウサギ（仮）に近づき、死体を確認した。間違いなく事切《ことき》れている。

俺は安堵《あんど》の息を吐き、この恐るべき相手を鑑定する。

名前：なし

種族：角《つの》ウサギ（兎族）

詳細：死亡している。角は非常に硬《かた》く大きいほど強い個体となる。肉は弾力があり美味《びみ》。

「この角で突《つ》かれたら危《あぶ》なかったな……」

指先で角に触《さわ》ってみて、自分の判断が間違っていなかったことを実感した。

「ひとまず、食べられるものは確保できたから、次は一時的な拠点《きょてん》が欲しいな。人がいる場所に行ければいいけど、こんな森の中じゃ、いつ人に出会えるかもわからないしな」

さらに半日かけて森を探索したところ、幸運にも食べられる果実を発見した。『鑑定』で食用可《しょくようか》と出た時は、嬉《うれ》しくてつい小躍《こおど》りしてしまったほどだ。

木にたくさんなっているので、これでしばらく食料には困らないはずだ。

少し……いや、かなり酸《す》っぱいのが難点《なんてん》だが……どうにか改善できないだろうか？

とりあえず、この酸っぱい果実の木の周辺に拠点を作ることにした。

『土魔法』で周辺の木を抜いて移動させ、地面を草ごとひっくり返して耕《たがや》す。

その後綺麗に整地《せいち》した。

『土魔法』、優秀《ゆうしゅう》だな。あっという間に百坪くらいの面積が真《ま》っ平《たい》らになってしまった。ポイントが溜《た》まったら優先的に上げよう。

さらに、拠点の周囲に三メートルくらいの土壁を作って硬化した。もちろん、安全を確保するためだ。

自分が出入りする時だけ穴を開ければいいから、出入り口はあえて作っていない。

天井がないので上は無防備《むぼうび》だが、それは追々《おいおい》考えよう。とりあえず、寝ている間に角ウサギどもが拠点に入らないようにするのが大事だ。

「さて、一段落《いちだんらく》ついたし、奴を解体して食べてみるか……」

――と、意気込《いきご》んでみたものの、刃物《はもの》がない。

そう、この世界に来た時、俺は服しか身につけていなかったので、解体する道具が何もないのだ。

どうしたものかと思い、頼みの『スキルブック』をめくってみるが……結果は惨敗《ざんぱい》。

『錬金《れんきん》』や『鍛冶《かじ》』といったスキルなら刃物を作れそうだけど、材料の鉱物《こうぶつ》がないんじゃ役に立たないしな。

仕方がないので、『土魔法』で包丁の形に整形した土を硬化して代用してみる。

試しに近くにある木を切りつけたら、刃こぼれせずに幹《みき》に傷をつけられた。

流石『土魔法』さん、頼りになる。角ウサギを食べたらレベルを上げよう。

早速解体に取りかかってみたものの、弾力のある皮を切るのは木の幹とは勝手が違って、上手《うま》くいかない。結局、土包丁を皮と肉の間に差し込んで隙間《すきま》を作り、力ずくで皮を剥《は》いだ。

この世界に来て筋力がかなり強化されているらしく、思っていたよりも簡単だった。

あとは肉を適当な大きさにぶつ切りにすれば解体完了だ。討伐《とうばつ》した時に上手いこと血抜きされたのが幸《さいわ》いして、案外綺麗にできた。

しかし、調理方法が『火魔法』による直火焼《じかびや》き一択しかないのが残念だな。

鍋《なべ》や皿がないのはもちろん、周囲にあるのは抜いた生木《なまき》ばかりで、薪《まき》にするには向いていない。

仕方なく、細心の注意を払いながら問題児の『火魔法』さんを使用し、肉を焼いた。

贅沢《ぜいたく》を言えば塩が欲しいところだが、食感はプリプリしていてとても美味《おい》しかった。この世界に来て酸っぱい果実しか食べていない俺にとっては、涙が出るくらいのご馳走《ちそう》だ。

明日も絶対食べよう。

残った肉を空間収納に入れ、寝る前に今日の反省と確認をする。

今日の探索は非常に順調だったが、山……いや、森を舐《な》めていた。索敵や採取《さいしゅ》は問題ないとしても、森を歩くだけでかなり疲れる。

魔力の過度《かど》な使用による疲労も加わり、まだ日も落ちきっていないのに眠《ねむ》たい。意識を保つのが辛《つら》いレベルだ。

打開策《だかいさく》として、残りのポイントを使用して『身体強化（必要値100）』をLV5、そして決めていた通り『土魔法』を上限のLV10まで上げた。

次に魔石とレベルだ。

角ウサギを解体した時に、心臓部から小指の先くらいの魔石が出てきた。鑑定したところ、10等級の魔石らしい。

『スキルブック』によると、等級は1～10等級まであるらしく、数字が少ないほどランクが高くなると書いてあった。つまり、この角ウサギの魔石は最低ランクということだ。

相当強そうなのに……

スキルポイントはこの魔石を変換して得られるようなので、早速やってみたところ、10ポイント加算された。ということは、ポイント100まで溜めるのに十匹も奴らを倒さないといけないのか……早くも心が折れそうだ。

また、俺のレベルも一つ上がってステータスも若干《じゃっかん》上昇していた。

名前：佐藤　健吾
種族：人族？　性別：男　年齢：20　状態：正常

LV：2
生命力：11000　魔力：334（835）
攻撃：5200　防御：5200
敏捷：45　運：10000

【スキル】火魔法LV：5　水魔法LV：5　風魔法LV：5
土魔法LV：MAX
魔力制御LV：5　気配察知LV：5　隠密LV：MAX
魔力増大LV：5
魔力回復LV：5　鑑定LV：5　時空間魔法LV：1
身体強化LV：5

【ユニークスキル】　スキルブック　神の幸運

相変わらず敏捷値の伸《の》びが悪い気がするけど、生命力や防御が『健康で頑強な身体』の加護の影響を受けていると考えれば、これが普通なのか？　比べる相手がいないのでわからない。

それから、本日の予期せぬ収穫物《しゅうかくぶつ》として角ウサギの角がある。

これは三十センチぐらいの尖《とが》った普通の角に見えるが、とにかく硬い。頭蓋骨《ずがいこつ》から外す際に、優秀な『土魔法』さんで作った土包丁が欠けたのは衝撃的だった。

やはり侮《あなど》れぬな、角ウサギ……。

現状では硬すぎて加工できないけど、この角を何かに利用できないだろうか？

俺はそんなことを考えながら、『土魔法』で作った寝床に戻った。

＊＊＊

この世界に来てから三日が経った。

拠点を中心に太陽の位置から割り出したおおよその方角で、北、東、西と——海に面している南側を除《のぞ》いて——数キロ単位で探索したが、未《いま》だに人や集落等は発見できていない。

本当にこの世界に人はいるのだろうか？

そろそろ誰かと話がしたい……。

しかし、『身体強化』の効果は素晴らしく、鬱蒼とした森の中を数キロ探索したくらいでは全く疲れない。

それに、角ウサギの角を使用した狙撃《そげき》という画期的《かっきてき》な方法で、角ウサギを安定して狩《か》れるようにもなった。

『風魔法』を使用して空間収納から角を回転させつつ撃《う》ち出《だ》せば、ものすごい勢いで相手に突き刺すことができる。

いつも単独行動している角ウサギに『隠密』で近づき、射出《しゃしゅつ》。音に気づいた時にはもう相手は死んでいるという寸法《すんぽう》だ。

このやり方で既に二十匹を超《こ》える角ウサギを仕留《しと》めて、空間収納に確保している。おかげで、今や俺の寝床はウサギの皮の敷物《しきもの》に進化した。俺も一端《いっぱし》のウサギハンターと言えるだろう。

ただ、角は一匹に対して一本しか取れず、残りの角数が少ないのが問題だ。勿体《もったい》ないから使ったものを回収するが、貫通力《かんつうりょく》が高すぎて大抵地面や木などに突き刺さってしまい、いつも回収には難儀《なんぎ》している。

それから、拠点の周囲数キロあたりを徘徊《はいかい》しているゴブリンや狼《おおかみ》もなんとかしたい。以前から時々気配を察知してはいたが、こいつらは常に複数で行動するため、今まで避《さ》けていた。

何せ人型に狼だ。野犬なんか比較にならないほど強いだろう。

さて、今日は南の海側をもう少し詳しく探索する予定だ。ついで、ゴブリンと狼を相手にしてみよう。

……などと考えていたところ、すぐに三体の反応が『気配察知』に引っかかった。

拠点周辺の角ウサギは狩《か》り尽《つ》くしたから、反応があればだいたい狼かゴブリンだ。

『隠密』を発動し、目を細めて気配のあった方を窺《うかが》うと、三匹のゴブリンが見えた。

見た目はゲームとかでよくある〝緑色の小人〟そのものだが、太い木の棒を持っている。

いくら『健康で頑強な身体』をもってしても、あれで殴《なぐ》られたらひとたまりもないだろう。

ということで、不用意に接近せず、角ウサギと同じように遠距離から対処する。

茂《しげ》みに身を隠《かく》しながら攻撃すると、角は問題なくゴブリンの頭を貫通して後ろの木に突き刺さった。

他の二匹も、こちらの位置を察知される前に連続して角を射出して対処した。

ゴブリンも一撃とは、流石は角ウサギの角だ。攻撃力高すぎないか？　回収したものにも傷一つついていなかった。

魔物然《まものぜん》としていても、人型のゴブリンを手にかけるのは、少々忌避感《きひかん》があるかもしれないと思っていたが、案外冷静に対処できた。

神様が言っていた〝精神的な耐性〟とやらの効果だろうか。

それでも、さすがにゴブリンの肉を食べようとは思えなかったので、魔石だけ回収しておいた。

帰り道に狼達にも遭遇《そうぐう》したが、こちらもゴブリン同様に問題なく倒すことができた。

ずいぶん呆気《あっけ》なかったけど、俺が警戒《けいかい》しすぎていただけだろうか？

ともかく、これで拠点の周囲に脅威《きょうい》はなくなった。次はもっと探索の範囲を広げてみるか。

それにしても、拠点に帰ると寂《さみ》しさが押し寄せてくる。一人で生活するにしては広く作りすぎたかもしれない。

誰もいない拠点で物思いに耽《ふけ》っていると、ふとある考えが思い浮かんだ。

そういえば地球でやったゲームの中には、モンスターをペットにして一緒に冒険するタイプのものがあった。

……狼とか角ウサギをテイムできないかな？

逸《はや》る気持ちを抑《おさ》えながら、早速『スキルブック』で調《しら》べてみたところ、『従属化《じゅうぞくか》』というスキルが見つかった。

必要値150とお高めだが、角ウサギとゴブリンと狼の魔石のおかげで、スキルポイントは1280残っている。

『スキルブック』の説明によると、『従属化』スキルは……

・魔石を持つ生き物同士が互いの魔石から生《しょう》じる魔力を流し合い、同意のもとで従属契約を行って、相手を使役《しえき》する。
・レベルが上がるごとに契約可能な等級が上がっていく。LV1は10等級の魔石を持つ者としか契約できない。

お互いの同意のもとに契約を行う？　あれ、これ無理じゃない？

だって、狼や角ウサギと意思の疎通《そつう》なんてできる気がしないし……

まあ、一応取っておくか。

拠点の周囲には等級10の奴しかいないので、『従属化（必要値150）』のLV1だけ取得した。今日はもうじき日が暮れるから、これを試すのはまた明日だ。

寝るまでの間、俺は明日どうやって魔物とコミュニケーションを取ろうかと考えながら、今日倒した狼の解体をして時間を潰《つぶ》した。


翌日、早速『従属化』のスキルを試すために拠点を出発すると、すぐにゴブリンを見つけた。しかし面倒なことに、三匹一組で行動している。

そこで俺は、地面の流体化・硬化のコンボで奴らの自由を奪《うば》い、動揺《どうよう》している隙《すき》に一匹だけ残して角ミサイルで頭を吹き飛ばした。

完全に身動きが取れないようにしてから、ゴブリンの目の前まで近づいてみる。

今まで『鑑定』が届かない距離からしか見ていないから、生きた状態で鑑定するのはこれが初めてだ。

名前：なし
種族：ゴブリン（ゴブリン族）　性別：男　年齢：1　状態：正常
LV：2
生命力：36　魔力：6
攻撃：40　防御：32
敏捷：21　運：3
【スキル】腕力強化LV：1　繁殖《はんしょく》LV：1

ん？　俺と比べるとステータスがずいぶん低いぞ？　これがこの世界の標準《ひょうじゅん》なのか？

この数値だと俺にダメージを与えるのは難しいだろう。

どうも今まで過剰《かじょう》に警戒しすぎていたかもしれない。とはいえ、まだ他の10等級の奴や、もっと等級が上のモンスターは見てないし、判断するには情報が少なすぎる。油断しないようにしないとな。

……っと、ステータスは一旦《いったん》置いといて、早速意思の疎通を試してみるか。

モンスターとの接し方がわからないから、とりあえず丁寧《ていねい》な感じで……

「どうもこんにちは、佐藤といいます！　急に捕獲《ほかく》して申し訳ありません！」

「ゲギャギャ！　ギャギャ！」

「この度は従属についてご相談に伺《うかが》ったのですが、私と契約していただくことは可能でしょうか？」

「ギャギャ！　ゲギャギャギャゲギャ！」

駄目《だめ》だ、全然会話が成《な》り立っていない……。めっちゃ暴れてるし……

やはり言語が違うと意思疎通は難しいか……

よし！　今度はボディランゲージも交《まじ》えてみよう！

「ワタシノ　ハナシ　スコシ　キイテ　ホシイ」

「ゲギャ！　ゲギャギャ！　ゲギャ」

……やっぱり伝わっている気がしない。むしろ、さっきよりも怒っているみたいだ。

最後に、互いの魔力を流し合うってのを試してみるか……

相手から魔力が流れてくる気配が一向《いっこう》にないので、こちらからゴブリンに向かって手を伸ばし、魔力をゆっくりと流そうとした瞬間……

バシィッ‼


と凄《すご》い音をたてて伸ばした手を弾《はじ》かれた。

やっぱり無理か……。まぁ、狼と角ウサギもいるし、どちらか成功することを祈ろう。

俺は肩を落としながら埋まったゴブリンを処分し、魔石だけ回収してから次の獲物《えもの》を探《さが》した。


もう日が暮れようという頃、俺は拠点の寝床で大きな溜め息をついていた。

結局、狼も角ウサギも駄目だった。契約を試《こころ》みてもゴブリン同様に怒り狂い、拒絶《きょぜつ》されたのだ。

「これは凄く精神的に落ち込むな……。そもそもこのスキルって、生まれたての奴か完全に餌付《えづ》けができている相手じゃないと無理なんじゃないか？」

再び大きな溜め息をつき、寝床に横になって『スキルブック』を読み込む。

今一度他に従属関係や使役関係はないか調べるが、めぼしいものが見つからない。

もう寝ようと諦《あきら》めかけた時……ふと、ある文字が目に入った。

「召喚《しょうかん》？」

そのスキルがとても気になり、寝床で説明を読み込んだ。

『召喚』は必要値500とかなりコストが高いが、それに見合うだけの凄いスキルだと思う。

『スキルブック』にはこう書かれている。

・魔石とスキルポイントを消費し、魔石から読み取った記憶により魔石の持ち主を生前の健康な状態で召喚する。
・対象は召喚者に従属化した状態で召喚される。
・召喚できる魔石の等級はスキルレベルに準《じゅん》じて上昇する。
・魔石の等級が上がるほど復元時に必要なポイントも跳《は》ね上がる。

これってつまり、スキルポイントと魔石で死者を蘇生《そせい》させるみたいなものか？

肉体は復元されるとして、生前の記憶とかはどうなるのだろうか？

他にもいろいろ考えてしまい、その日は遅くまで寝つけなかった。

＊＊＊

翌朝、早速『召喚』スキルLV1を取得し、拠点で試してみることにした。

使用する魔石は、昨日さんざん俺を拒絶した三匹のものだ。

生前の記憶が残っているなら、従属化していたとしても、従順ではないかもしれない。

今回使用する魔石は10等級なので、消費ポイントも10ポイントとかなり良心的だ。

ポイントとスキルの確認も終わったし、早速この三匹を召喚してみよう。

スキルを起動すると同時に、足下に見たこともない魔法陣が浮かび上がり、手の中にある魔石が消失した。

その瞬間、魔法陣が一際《ひときわ》輝き、三匹の復元が始まった。

三分ぐらいかかっただろうか、俺の目の前には角ウサギ、ゴブリン、狼の見慣れた三匹がいる。

まず、三匹とも非常に大人《おとな》しいことに驚いた。

昨日の暴れっぷりが嘘《うそ》のようだ。

また、体の一部に昨日はなかった赤黒い模様《もよう》がある。ワンポイントタトゥーみたいで、一気におしゃれ感が増している。ちょっと羨《うらや》ましい。

三匹とも一向に動く気配がないので、俺から話しかけてみる。

「俺の言っていることがわかりますか？」

「キュッ」「ゲギャ」「ワゥ」

三匹は大きく頷《うなず》いた。

良い返事だ。昨日は全く会話が成り立たなかったのに……

「俺に従属していることは理解していますか？」

「キュッ」「ゲギャ」「ワゥ」

「召喚前の、生前の記憶はありますか？」

「キュッ」「ゲギャ」「ワゥ」

「俺は君達を殺したけど、俺に従《したが》えますか？」

「キュッ」「ゲギャ」「ワゥ」

まさか、敵対どころか自身を殺した相手にまで隷属《れいぞく》するとは。このスキルはヤバいな……

蘇生される時に思考を変化させる何かがあるのか？　考えてもわからない。

しかし、言葉が理解できないのはもどかしい。

『スキルブック』に言語スキルがあれば良かったが、スキルはこの世界の『共通語』スキルしかなかった。こいつらの鳴き声は、明らかに共通語じゃないよな……

いつか彼らと話せるように、地道に努力しよう。

とにかく、三匹は俺に従ってくれるという。ならば言葉が通じなくても蔑《ないがし》ろにせず、大事にしないとな。

彼らはこの世界に来て初めてできた仲間だ。これから先ずっと一緒だ。

俺はいつの間にか目頭《めがしら》が熱くなっていた。

「これからよろしくな！」

「キュッ！」

「ゲギャ！」

「ワゥ！」

早速俺は、三匹に〝うさ吉《きち》〟〝ゴブ一朗《いちろう》〟〝ポチ〟と名前をつけ、ステータスを確認した。

名前：うさ吉
種族：角ウサギ（兎族）　性別：男　年齢：０　状態：正常
ＬＶ：１
生命力：２０　魔力：３
攻撃：２１　防御：２９

敏捷：25　運：4
【スキル】突進LV：1　気配察知LV：1

名前：ゴブ一朗
種族：ゴブリン（ゴブリン族）　性別：男　年齢：0　状態：正常
LV：1
生命力：30　魔力：3
攻撃：35　防御：28
敏捷：19　運：2
【スキル】腕力強化LV：1　繁殖LV：1

名前：ポチ

種族：ウルフ（狼族）　性別：男　年齢：0　状態：正常

LV：1

生命力：25　魔力：5

攻撃：28　防御：27

敏捷：35　運：2

【スキル】敏捷強化LV：1　隠密LV：1

ステータスを見て驚いたが、三匹とも年齢が0で、LV1になっている。たとえばゴブ一朗は、昨日ステータスを確認した時に一歳だったはずだ。

これは『召喚』で蘇った代償《だいしょう》だろうか？

それにしても、三匹ともステータスが低すぎる。拠点の外に出た瞬間に死ぬんじゃないか？

早急《そうきゅう》なレベル上げが必要だ。

しかしその前に、この三匹の寝床を拠点内に作ることにした。

俺と同じ『土魔法』で作った箱形の寝床だ。地面は固いが、狼の毛皮《けがわ》を敷《し》くから許してくれ。

次は出発前にゴブ一朗の武器を作ろうと思う。

ゴブ一朗は他の二匹と違って爪や牙、角がないからな。

早速『土魔法』でショートソードを作った。といっても、ただの土ショートソードではない。『土魔法』先生がLV10になってから、地面の中にある砂や石を種類ごとに把握《はあく》、分別《ぶんべつ》できるようになっており、軽い砂に砂鉄《さてつ》などの金属を混ぜ込んで硬化に硬化を重《かさ》ねたものである。

軽くて硬度《こうど》も増しているが……切れ味は相変わらずそこそこだ。

準備もできたし、そろそろレベル上げに出かけよう。

今回はレベル上げ以外にも、この三匹の食べ物を探す目的もある。

はっきり言って、うさ吉以外は何を食べているかわからない。うさ吉はそこら辺に生えている草を食べているところを目撃しているから、それを採《と》っておけば間違いないだろう。

意気込《いきご》んで拠点を出発したものの、少し進んだところで早くも問題が出てきた。

俺の探索のスピードに三匹が付いてこられずに、遅れはじめたのだ。

三匹とも申し訳なさそうに俯《うつむ》いている。

他のステータスと比べると低いとはいえ、レベルが12に上がった今、俺の敏捷値はこの子らの三倍近くある。

だから、そんなにしょぼくれた顔をしなくて良いんだよ。最初だし、みんなでゆっくり行こうな？

一時間は歩いただろうか、最初の相手はゴブリン四匹と多めだった。

早速俺は三匹を待たせて『隠密』で近づき、地面の流体化・硬化のコンボでゴブリンを捕獲した。

後は、動けないゴブリンを三匹が一方的にボコボコにしておしまいだ。

地面に埋まったゴブリン達が哀《あわ》れな気もするが……これも弱肉強食《じゃくにくきょうしょく》。自然の摂理《せつり》として許してほしい。

ゴブリンの討伐を終えた三匹はレベルが上がったことを自覚したらしく、満足している様子だった。

あれ？　なんか三匹で話し合って確認しているように見えるけど、言葉は通じているのかな？　俺だけ仲間外れみたいで、もの凄い疎外感《そがいかん》だ。

この後も日が落ちる前まで探索し、大きな問題もなくレベルを上げ続けた。

『気配察知』に引っかかる奴を片《かた》っ端《ぱし》から狩っていたら、三十匹近く狩ることができた。

三匹の動きも目に見えて良くなっているし、もう少しレベルが上がったら彼らだけで狩りに行けるようになるだろう。

ところで、今日俺は何もしていないのに、いつの間にかレベルが上がっていた。

従属化した奴が魔物を倒すと、俺にも経験値が入るのだろうか？　要検証《ようけんしょう》だ。

さらに、今日はレベル以外にも大きな収穫があった。

ゴブ一朗が探索中にイモを収穫したのだ。どうやらゴブ一朗達は、これを日常的に食べているようだ。

これで我《わ》が拠点に、肉と酸っぱい果実以外の食べ物が増えた。ありがとうゴブ一朗。

また、うさ吉が持ってきた薬草《やくそう》も負けていない。

『鑑定』によると、回復ポーションの原料になるみたいだが……錬金スキルがないので、現状ではただのうさ吉の餌《えさ》だ。

せっかく薬草を手に入れたのだから、いつかみんなが怪我《けが》をした時に備《そな》えて回復ポーションを作れるようになっておこう。

俺達は沢山《たくさん》の収穫物を手に入れ、笑顔で拠点に戻った。

＊＊＊

次の日、みんなで拠点の一画に畑を作ってイモを植《う》えたあと、昨日同様レベル上げに出かけたのだが……そこでまた問題が発生した。

みんなのレベルが１０以降、一向に上がらなくなったのだ。

原因はなんだ？　俺のレベルは問題なく上がっているのに。

早々にレベルアップが打ち止めになったこの子達の顔は、悲愴感《ひそうかん》に染《そ》まっている。どうにかせねば。だが、俺にできるのは『スキルブック』で解決策を探すことぐらいだ。

限界突破《げんかいとっぱ》系のスキルとかはないのだろうか？

しばらく『スキルブック』を読み、『従属強化』というスキルを見つけた。他の目ぼしいスキルは、俺以外に付与できそうになかった。

説明には〝スキルポイントを消費して、従属化した個体を強化できる〟とある。

考えていてもわからないので、とりあえず『従属強化（必要値１００）』のＬＶ１を取得し、試してみることにした。

手をかざし、ゴブ一朗に『従属強化』のスキルを発動してみると〝ポイントの消費１０〟という項目が出た。安い。なんてお手軽なんだろう。

問題なさそうなので、早速『従属強化』を実行する。

すると……急にゴブ一朗が苦しみだし、そのまま意識を失った。

焦《あせ》った、メチャクチャ焦った。

体を触ったらかなり熱が出ていたので、俺はゴブ一朗を担《かつ》いで急いで拠点に戻った。

ゴブ一朗の意識は戻らないままだ。

だが、今の俺には『スキルブック』くらいしか頼るものがない。

幸い、回復関係はすぐに見つかった。

俺は『回復魔法（必要値150）』LV1を取得し、急いでゴブ一朗の回復を試みる。

しかし、一向に手応《てごた》えがない。

急いでLV2を取得して試してみたものの、LV1の時と何も変わらず、ゴブ一朗も目を開けない。俺にはどうすることもできないのか？

無力感に苛《さいな》まれながらも、俺は『回復魔法』をかけ続けた。

他の二匹の顔も不安そうだ。


一時間ほど経っただろうか……ゴブ一朗の体が突然淡《あわ》く光りだした。

驚いて見守っていると、光はすぐに収まり……その後ゆっくりゴブ一朗が起き上がった。

俺と二匹は喜んで駆《か》け寄ろうとしたが――

「……誰だ？」

起き上がった〝元ゴブ一朗〟は以前より身長が伸びていて、心なしか顔がイケメンになっていた。

オシャレなワンポイントタトゥーは相変わらずあるので、ゴブ一朗には違いないけど……

俺は戸惑《とまど》いながら、ゴブ一朗を鑑定した。

名前：ゴブ一朗
種族：ホブゴブリン（ゴブリン族）　性別：男　年齢：０　状態：正常
ＬＶ：１
生命力：５３　　魔力：８
攻撃：６７　防御：４０
敏捷：２８　運：４
【スキル】剣術ＬＶ：１　腕力強化ＬＶ：２　繁殖ＬＶ：２

……ゴブ一朗がホブゴブリンになっていた。

レベルも１０から１に戻っているし、ステータスもゴブリンのＬＶ１に比べると伸びている。

これは『進化』した、ということだろうか？

ゴブ一朗はもうピンピンしていて、元気にみんなと話している。

その後、お腹《なか》が空《す》いていたらしく、拠点内の食料庫に向かった。

一時はどうなることかと思ったけど、とりあえず問題なさそうだから、良しとしておこう。

胸を撫《な》で下《お》ろしていると、期待で目を輝《かがや》かせた他の二匹が近づいてきた。

どうやらポチとうさ吉も強化してほしいみたいだ。

大丈夫だ、焦らなくてもちゃんと強化するから。

食事を終え、各々《おのおの》寝床に入ったタイミングで二匹にも強化を行ったところ、ゴブ一朗同様高熱を出して眠りについた。なるほど、これは進化の副作用みたいなものか。

あと一時間もすれば、二匹も進化した立派な姿を見せてくれるだろう。

俺は軽い足取りで自分の寝床に向かった。

とあるゴブリンのお話

俺はこの森の外周部をテリトリーにしているゴブリンだ。名前はない。

最近、この周辺で仲間が消える事件が起きている。

その原因を探るために、俺は仲間を二匹連《つ》れて周囲を探索していた。

森を警戒しながら進んでいると、突然足下の地面が消えたような感覚があり、体勢を崩《くず》した。

見ると、さっきまで普通の地面だった場所が、まるで底なし沼みたいになって俺を呑《の》み込んでいるではないか。慌《あわ》てて抜け出そうと試みたが、暴れれば暴れるほど体は沈んでいく。

何か脱出する術《すべ》はないかと必死に考えを巡《めぐ》らせていると、今まで沼みたいだった地面が一瞬で硬くなった。

あまりに強い力で圧迫《あっぱく》され、地面に沈んでいた部分の骨が悲鳴を上げる。全く動けない。

身動きが取れない俺は、後ろの二匹に助けを求めようとするが……他の二匹も自分と同じく地面に埋まっていた。ただ……自分とは違って頭が弾け飛んでいたが。

いったい何が起こっているんだ⁉

俺は状況を何ひとつ理解できず、困惑し、途方《とほう》に暮れた。

すると……

「どうもこんにちは、佐藤といいます！　急に捕獲して申し訳ありません！」

――⁉

周囲には何もいなかったはずなのに、目の前から急に声が聞こえた。

慌てて目線を上げたその先に……〝化け物〟がいた。

目の前の生き物は人の形こそしているが、存在感が尋常《じんじょう》ではない。

俺は目の前の存在を認識した瞬間から、生命の危機を感じた。歯の根が合わず、全身の皮膚《ひふ》からは汗が噴《ふ》き出す。

――いやだ、いやだ、いやだ！　まだ死にたくない！

俺の叫びは虚《むな》しく響くばかり。この生き物には伝わらない。

しかし、俺が目を離した瞬間、その存在の気配が突然消えた。

急いで周囲を見回してあの存在を探すが、首が動く範囲にはその姿は見えなかった。

良かった……

驚きながらも安堵の息を吐こうとした瞬間……

「この度は従属についてご相談に伺ったのですが、私と契約していただくことは可能でしょうか？」

また目の前から声がした。

駄目だ、全然理解できない。

この存在が現れるだけで、自分の周囲の空気が重くなり、息ができなくなる。

もう腕や身体が千切《ちぎ》れてもかまわない、この存在の視界の中にはいたくない。

俺は叫びながら渾身《こんしん》の力でもがき、地面から逃げだそうとする。しかし、びくともしない。

しかも、暴れている最中にまた奴の気配が消えた。

もういやだ。

あの存在がまだ周囲にいないか警戒するが、見つけることができない。

いつまた現れるのかと怯《おび》え、震《ふる》えていると……

「ワタシノ　ハナシ　スコシ　キイテ　ホシイ」

また目の前から急に声が聞こえ、あの存在が話しかけてきた。

あまりのストレスで頭がおかしくなってしまいそうだ。

何故《なぜ》この存在は俺を苦しめるのだろうか。

俺はこの理不尽《りふじん》を全く理解できないまま、またあの存在を見失った。

そして全てを諦めて上を向いた瞬間、俺は意識を失った。

＊＊＊＊

気がついたら俺は別の場所に立っていた。

目の前にはまたあの存在がいる。

だが、以前感じた恐怖は一切ない。

唯一わかるのは、目の前の存在が自分の命に代えても仕《つか》えなければならない〝主人〟だということだ。

「俺の言葉がわかりますか？」

主《あるじ》が俺に語りかけてくる。なんて甘美《かんび》な声なのだろうか、声を聞くだけでこの身が震える。

俺は大きく頷きながら、肯定《こうてい》の声を出す。

ふと視界の隅《すみ》に映った何かが気になって周囲を見回すと、森の外周部に棲息《せいそく》するウルフと角ウサギがいた。この二匹も自分同様に主の紋章《もんしょう》が刻《きざ》まれている。おそらく、新《あら》たに主に仕える仲間だろう。

俺はそのまま静かに、主人の次の言葉を待った。

「俺に従属していることは理解していますか？」

『はい』

「召喚前の、生前の記憶はありますか？」

『あります』

「俺は君達を殺したけど、俺に従えますか？」

『はい』

俺は主の言葉にすぐに返事をした。

生前、主の前で見せた醜態《しゅうたい》は、思い出すだけで恥《は》ずかしくなる。あの時は主のことが何一つ理解できず、ただ恐怖していただけだ。

主に仕えることこそが至高《しこう》だというのに。

この世界に住む多くの存在が、まだこの真理を理解していないだろう。

いずれ、この世界全てに知らしめる必要がある。

俺は他の二匹と確認し合いながら、寝床から移動する主の後を追った。

＊＊＊＊

今日は主と共に探索に行くらしい。

しかし、どういうわけか探索準備を終えた主は手ぶらだ。本当にこのまま武器も持たずに行って大丈夫なのだろうか。

などと考えていると、驚いたことに、主は俺のために土で剣を作ってくれた。

あまりの嬉しさに手が震える。

試し切りをしたところ、その凄《すさ》まじい切れ味に衝撃を受けた。

以前持っていた木の棒とは、武器としての質が雲泥《うんでい》の差だ。これならこの森のほとんどのものを切り倒せるだろう。

他の二匹が羨ましそうな顔で見ているが、絶対に渡さない。

その後、俺達は主に連れられて意気揚々《いきようよう》と探索に出たものの、早々に問題が発生した。

森を進む主の速度に、全然ついていけないのだ。

周囲を警戒しながら生い茂る草木をかき分けて進んでいるというのに、主はどんどん俺達を引き離していく。しかも主は、後に続く俺達が通りやすいように、草木を折って道を整えてくれている。それでも追いつけないとは……

そんな俺達に気づき、主は歩みを緩《ゆる》め、しかも俺達に合わせてこれからゆっくり探索をしていこうとまで言ってくれた。

主の優《やさ》しさに涙が出そうになる。

しかしそれ以上に、自分の不甲斐《ふがい》なさに怒りが湧《わ》いてきた。

今の俺達は主に迷惑《めいわく》をかける存在でしかない。これじゃあいない方がマシだ。

自分の存在意義を見出《みいだ》せないまま、俺達は主の後を追った。

その後何度か敵と遭遇したが、結局俺達に出番はなかった。

こちらが獲物を見つけるより先に主が見つけ捕獲してしまったのだ。これでは手の出しようがない。

すっかり自信を失い項垂《うなだ》れていると、主が捕獲した獲物にとどめを刺すように指示してきた。

主ほどの強者がとどめを刺せないわけがない。何か意味があるのだろうか？

理由はよくわからなかったが、俺達は命じられるままにその獲物を殺した。

次の瞬間、体の内側から力が湧き出てきて、明らかに強くなったことを実感する。

何故だ？

以前にも魔物を殺した経験はあるが、ここまではっきりとした強化は自覚できなかった。

他の二匹も同様に強化されたようだ。

この時初めて、主のやりたいことを理解した。

主は俺達を強化したいのだ。今の状態だとなんの役にも立たないから……

俺自身、このままは嫌だ。

主の役に立つために強くなる——そう心に決め、俺達は主の指示に従ってがむしゃらに魔物を狩っていった。

＊＊＊＊

次の日も俺達は主の指示のもと、強化に励《はげ》んだ。

だがある時を境《さかい》に、魔物を倒しても強くなっている感覚が得られなくなった。

これ以上強くなれないのかと思うと、途端《とたん》に絶望感《ぜつぼうかん》が湧いてくる。

主はレベルが上限に達したのかもしれないと言って、急に座り込んで本を読みはじめた。

……どれくらい本を読んでいただろうか？　主は何か見つけたらしく、強化ができそうだと言っている。

その言葉を聞き、俺は藁《わら》にもすがる思いで強化を申し出た。

俺の希望が通じたのか、主はまず試しに俺に強化を施《ほどこ》してくれるみたいだ。

主は俺に手の平を向けて何かしている。

黙《だま》ってされるがままにしていると……次第に体が熱くなってきた。

体の内側、特に胸の辺りが熱い。

駄目だ……意識が保《たも》……て……な……

＊＊＊

目が覚めると景色が変わっていた。

主が寝床に連れ帰ってくれたらしい。

なんだ？　驚くほど力が漲《みなぎ》っている。今ならなんでもできそうな気分だ。

自分の体を詳しく確認してみると、昨日までとは明らかに違っていた。どうも進化しているみたいだ。

他の二匹も驚きに目を見張《みは》り、興奮《こうふん》している。

当然だ。種族の中でも進化できる個体は稀《まれ》だ。数百匹の中に一匹いるかどうかだろう。

それを主は、明らかに自分の意思で行った。まさに神の御業《みわざ》だ。

俺は主の凄さに改めて驚愕《きょうがく》し、尊敬《そんけい》を深めた。

『進化したら凄いぞ？』

強化を勧《すす》めると、二匹は慌てて主の方に駆けていった。

おそらく、二匹とも問題なく進化できるだろう。

これから、主のもとには様々な生物、この世のありとあらゆるものが集まってくるだろう。

俺達はその中で主を支えていかなければならない。

まだだ、まだまだ強くなる必要がある。主を支えるためには全然足《た》りない。

俺は今後、主が歩むであろう覇道《はどう》に思いを馳《は》せながら寝床を出た。

通訳さん誕生《たんじょう》

翌朝起きたら、うさ吉とポチの体格が一回り大きくなっていた。

問題なく進化できたみたいだ。

鑑定してみると、それぞれ種族が〝大角《おおつの》ウサギ〟と〝フォレストウルフ〟に変わっていた。

実に頼もしい。

それにしても、たった10ポイントで強化できるとは、かなりお得だ。

このままどんどん強化できないだろうか？　などと考え、俺は『従属強化』LV2を取得した上で、こっそりゴブ一朗にかけてみた。

ところが、今回はなんと10等級の魔石十個か、9等級の魔石五個のどちらかが必要で、それとは別にスキルポイントを20も要求された。前回とはえらい違いである。

とりあえず保有ポイントも魔石も少ないので、一旦見送りだ。

進化して自信がついたのか、三匹は今日から自分達だけで外に向かうらしい。

ついて行こうとしたら断《ことわ》られた。寂《さび》しいな。

拠点にいても暇《ひま》だし、久しぶりに一人で遠くまで探索してみるか。

最近神様から貰《もら》った幸運が仕事をしていない気がするから、そろそろ本気を出してほしい。

いつも通り、『気配察知』に引っかかった奴を角ミサイルで狙撃し、魔石を調達《ちょうたつ》しながら進み、今回は西に足を延ばしてみた。

しばらく探索を続けると、前方の斜面《しゃめん》に洞窟《どうくつ》を発見した。

日中なのに入り口から中に少し入るだけで、かなり暗く感じる。視界が保てないと先に何があるか判断できない。そうするとこれ以上奥に進むのが躊躇《ためら》われるな。

決してびびっているわけではないぞ。

当然、松明《たいまつ》や油などの明かりになるものなんてないので、代わりになりそうなスキルを『スキルブック』で調べたところ、魔法系統に『光魔法』と『闇魔法』が増えているのを発見した。

最初に四元素魔法を取得する時にはなかったはずなので、増える条件が何かあるのだろうか？

早速、『光魔法（必要値150）』のLV1を取得して試してみると、手の平に光球を作り出せるようになった。

無事に明かりも確保できたので、『隠密』と『気配察知』を全開にして再び洞窟に入る。

静かだ……。三メートルほどの幅《はば》がある通路を歩きながら周囲を見回す。

辺りには岩しか見当たらないが、地面はそれほどデコボコしていないので、歩きにくさは感じない。

警戒しながら一本道の洞窟を進んでいくうちに、『気配察知』に大きな反応がかかった。

前方には少し開けた空間がある。恐る恐る確認すると、目測で五メートルはありそうな大きな熊が寝ていた。

うん、あれは人がどうにかできるサイズじゃない。無理だ。

幸運は仕事を放棄《ほうき》したようだな。

さっさと引き返そうと思ったが、そこで甘い考えが俺を誘惑した。

こいつを倒して仲間にできたら、拠点の守りが厚《あつ》くなるんじゃないか？

今なら角ミサイルでいけるかもしれない。一発だけ撃って駄目なら、全力で逃げればなんとかなるだろう。

出口まではおよそ二百メートル。ここまで一本道だから迷《まよ》う心配はない。

俺は、熊が通路から見えるギリギリの距離——安全マージンである三十メートルほど離れた位置から、狙いをつけて角ミサイルを放った。

それは間違いなく熊に命中した。

しかし……熊は死ななかった。

「グガァァァァッ」

耳をつんざくような咆哮《ほうこう》が洞窟に反響する。

まずいまずいまずい。

俺は急いで逃げようとするが、足が竦《すく》んで動けない。

振り返ると、熊が凄い勢いで迫《せま》ってきている。

俺は死を覚悟しながら雄叫《おたけ》びを上げ、残りの角ミサイルを必死に放った。

それでも、熊の勢いは衰《おとろ》えない。

無我夢中《むがむちゅう》で角ミサイルを放ち続けた結果、熊は俺の手前でようやく動かなくなった。

なんというタフさだ。

俺は緊張《きんちょう》と安堵からその場でへたり込んでしまった。やはり無茶は良くないな。

十分くらいその場から動けなかったが、いつまでもそうしているわけにもいかないので、力の入らない足を叱咤《しった》して立ち上がった。

目の前の熊の死体を回収し、もう少し探索を続行する。

再び奥に向かって、熊が寝ていた場所を調べると、周囲に熊が食べたであろう骨や魔石が散乱《さんらん》していた。中には、鎧《よろい》の破片《はへん》のようなものも落ちている。

もしかして……と思い、詳しく探すと、やはりあった。

人間のものと思《おぼ》しき骨が。

熊に食べられたのだろうか……可哀想《かわいそう》に。

さらに周辺を探したものの、他に人の骨らしきものは見つからなかった。

俺は、魔石と鎧の破片等の金属を拾い集めて帰路《きろ》についた。

＊＊＊

拠点に戻ると、ゴブ一朗を中心に、三匹が倒した魔物の解体作業をしていた。

積《つ》まれている魔石に比べて死体の数が少ないので、道中に選別して魔石だけ剥《は》ぎ取《と》ってきたのだろう。優秀な奴らだ。

俺も今日の収穫を一緒に解体しようとしたら……ゴブ一朗達が取ってきた魔石を持たされ、追い出されてしまった。

一応、俺に配慮している感じではあるが、何故俺を除《の》け者《もの》にしようとするのだろうか。

寂しいな。

従属化三日目で、早くも前途多難《ぜんとたなん》だ。

とりあえずそれは置いておいて、この世界に存在する人類と出会う方法について考えてみる。

問題は熊の寝床で見つかった魔石の中に、『鑑定』で〝人から採取された〟と表示された魔石が二つあることだ。

それは10等級と9等級の魔石。人骨は一つしかなかった気がするが……見落としたか？

現状、『召喚』はLV1しかないし、ポイントだって600も残っていないが、今日採取した分の魔石を吸収すれば少しは余裕ができるか……

結局俺は10等級の魔石を使用して召喚を行うことにした。

また足元に謎《なぞ》の魔法陣が出現し、魔石の消失と同時に召喚が始まる。

少しずつ魔法陣の上に身体が構成されているのだが……これはまずいぞ。

俺は思わず目を見張った。

俺の目の前で魔法陣から徐々に足、膝、腰、そして腹部へと復元されていくのは、明らかに人間の女性だ……しかも裸の。

どうしよう……俺の手持ちに女性用の服なんてないぞ……

既に首まで復元されているし、一度見てしまったものは仕方ないと諦めて、堂々と振舞うことにした。もし非難《ひなん》されるようであればその時は素直に謝罪《しゃざい》しよう。

俺が謝罪の言葉を考えている間に召喚は無事に終わり、目の前に裸体《らたい》の女性が出現した。

長い真っ赤《まか》なストレートヘアが印象的で、かなり若く見える。十代だろうか。

さらに太ももには、三匹と同じようにタトゥーみたいな模様があるが……

いかん。目のやり場に困る。

とりあえず、三匹同様にまずは意思の疎通を図《はか》ってみよう。

「俺の言葉はわかりますか？」

「※△、◇☆★□◆」

女の子は大きく頷いたが、俺は彼女が何を言っているか全く理解できない。

基本的にこの世界は言葉が通じないのだろうか？

俺は素直に『スキルブック』を開いて『共通語（必要値100）』LV1を取得し、もう一度話しかける。

「俺の言葉はわかりますか？」

「はい、◇☆★□◆」

よし、一部の単語はわかるようになったたな。だが、会話ができない。レベル不足か？

このままでは埒《らち》が明かないので、『共通語』を今取れる最大のLV5まで取得して話しかけた。

「何度もすみません。俺の言葉はわかりますか？」

「はい。わかります」

良かった。理解できる。

会話が成り立つのなら、最初に言っておかなければならないことがある。

「とりあえず、そこのウサギの毛皮で体を隠してくれないか？」

女の子は恥ずかしそうに頬を赤く染めながら、言われた通りに毛皮で体を覆《おお》った。

「ごめんね。ここに服はないんだ。あとで代用品を作るから、今は我慢《がまん》してね」

「お見苦《みぐる》しいところをお見せしました、ご主人様」

「ん？」

俺は彼女の口から出てきた言葉に驚いて首を傾《かし》げた。

……まさかご主人様と呼ばれる日が来るとは。でも、恥ずかしいからやめてほしい。

「申し訳ないが、恥ずかしいからご主人様はやめてくれないかな？　できれば健吾と呼んでほしい」

「はい、ではケンゴ様とお呼びいたします」

「あと、喋《しゃべ》り方ももう少しフランクな感じでお願いしたいんだけど……。それと、君の名前を聞きたい」

「はい。エレナとお呼びください」

フランクに、という部分はスルーされたようだ。

「エレナさんですね、わかりました。目覚めていきなりで申し訳ないけど、エレナさんは生きていた頃の記憶があるんだよね？　できれば生前住んでいた場所の情報や、この世界の話を聞かせてほしい。大丈夫かな？」

「エレナとお呼びください」

何が気に入らなかったのか、エレナは首を横に振って呼び名を訂正《ていせい》した。

「いや、でも――」

「エレナとお呼びください」

何故そんなに頑《かたく》なになるのだろうか……とにかく、このままでは話が進まないので、彼女の提案を受ける。

「じゃあ、エレナがわかる限りの情報を教えてくれる？」

「はい、ケンゴ様。まずはこの大陸についてですが……」

エレナの話によると、どうも今俺達がいるのは、大陸の最南端《さいなんたん》らしい。

この森はフルネール大森林という名前で、中心部には竜が棲《す》んでいるのだという。

俺の拠点は海沿《うみぞ》いの外周部にあるのであまり強い魔物は出てこないが、中心に近づくほど凶悪《きょうあく》な魔物が徘徊《はいかい》しているのだそうだ。

森を西に抜けるとエレナの故郷のエスネアート王国。その隣《となり》にはグラス帝国があり、森を囲むように獣人の国や奥には魔族の国があるらしい。

それだけでなく、森の中には他に多くの亜人が各所に拠点を築《きず》いているという。森は結構探索しているのに、全然見たことがない。

しかし、一番驚いた情報はそれではない。

なんと、グラス帝国は異世界から黒髪黒目《くろかみくろめ》の勇者を召喚したらしいのだ。

エレナも噂《うわさ》程度しか聞いていないそうだが、帝国が勇者を召喚した時期は、俺がこの世界に来た時期と被る。

神様は数千年に一度と言っていたが、複数人転移させていたのだろうか？

もし同じ地球からの転移者なら、一度会ってみたいな。

それにしても……かたや勇者で俺は大陸最南端の海辺でサバイバル。……俺の待遇《たいぐう》、酷《ひど》くない？

神様は俺に恨《うら》みでもあったのだろうか。

ああ、神様に感謝していた日々が懐《なつ》かしい。

一通りの情報を聞き終え、俺は彼女を連れて寝床を出た。

彼女の寝床を作らなければならないし、ゴブ一朗達にも紹介しないといけないしな。

早速三匹にエレナを紹介したところ、意外とすんなり受け入れられた。俺の時とはえらい違いじゃないか。ものすごい疎外感だ。

というか、エレナは三匹と普通に和気藹々《わきあいあい》と話をしている。

三匹とも言語違うぞ、絶対。

「エレナは三匹の言葉がわかるのか？」

「はい、普通に会話ができますよ。とても優しい方達です」

「優しい？　こいつらが？　ならどうして、最近何をするにも俺を仲間に入れてくれないんだ？」

「ケンゴ様にはとても感謝していると言っています。除け者にしているわけではなく、ケンゴ様の手を煩《わずら》わせたくないらしいですね」

なんだって……俺はなんて勘違《かんちが》いを……

ともあれ、俺を嫌っているわけではないようで安心した。

エレナ（通訳）さん、我が拠点に来てくれてありがとう。

俺はエレナの寝床を丁寧に作りながら、明日は手狭《てぜま》になった拠点を拡張《かくちょう》しようと心に決めた。

＊＊＊

翌朝、俺はいつも通り寝床を這《は》い出《だ》して拠点を見回した。

すると、目の前には酸っぱい果実の収穫やイモ畑の手入れ、さらに朝食の準備まで終えた三匹が。俺の起床を待っていてくれたのか。

ヤバイ、この三匹優秀すぎるぞ。

外での収穫も三匹でこなすし、この拠点で俺の仕事はほぼないと言っても過言《かごん》ではない。まずい……このままではニートな主人の出来上がりである。それじゃあ主人としての威《い》厳《げん》が……

俺は明日から仕事を取り戻すため、こいつらより早起きをすることを密《ひそ》かに決心した。

そうこうしているうちに、エレナがいないことに気がついた。三匹に聞くと、エレナの寝床の方を指さしている。

なんだ、まだ寝ているのか。自分よりお寝坊さんがいることに安堵を覚える。まぁ、昨日召喚したばかりだから、まだ体が本調子ではないのかもしれないしな。

俺は本日の初仕事として、エレナを起こしに向かった。

外から寝床に声をかけるが返事がない。

昨日の召喚に何か不手際《ふてぎわ》でもあったのかと心配になり、急いで中を覗《のぞ》くと……彼女は部屋の隅に座って項垂れていた。

「どうしたんだ？」

エレナは落ち込んだ様子で、俺の問いかけに答える。

「先輩ばかりを働かせ、なおかつ足を引っ張り……しまいにはケンゴ様よりも遅く寝床を出る始末。もう合わせる顔がありません」

どうやら、朝起きて寝床を出たら既に三匹が仕事を始めていたようで、彼女は急いで手伝おうと合流したらしい。そこまでは良かったのだが……

服――というか、ただの毛皮を羽織《はお》っただけなので、彼女が動くたびに脱《ぬ》げたりズレたりして仕事にならなかったのだという。

途中までは他の三匹も手助けをしていたものの、あまりに効率が悪くて寝床で謹慎《きんしん》を言い渡され、現在に至《いた》るそうだ。

うん、これは俺が悪かった。申し訳ない。

昨日後で服の代用品を作ると言ったのを忘れていた。俺よりお寝坊さんがいるぞ、とか喜んでいる場合じゃない。

俺は急いで『土魔法』で集めた砂鉄で留め具を作り、毛皮で簡易的《かんいてき》なワンピースを作って彼女に渡した。

エレナは遠慮《えんりょ》がちに受け取り、簡易服で身を包む。

毛皮からスラっと伸びた御御足《おみあし》が眩《まぶ》しい。

「似合っているじゃないか。服の件は俺が悪かったよ。三匹も待っているし、俺からも謝っておくから、機嫌を直してくれ」

俺は足をチラ見しつつエレナを慰《なぐさ》めて、朝食に連れて行った。

朝食後、三匹は出かける準備を始めた。今日も収集とレベル上げにいくようだ。しかもエレナを引き連れて。

「大丈夫か？　エレナはＬＶ１だぞ」

心配になって聞いてみたが、エレナは朝の失態《しったい》を取り戻すべく、やる気だ。

「先輩方も大丈夫だと言っています！」

「うーん、危なくなったらちゃんと戻ってくるんだぞ？」

俺はエレナに、ゴブ一朗と同じ土ショートソードを持たせて見送った。


さて、一時間ぐらい経っただろうか。拠点に誰もいなくなったので、俺は拠点拡大計画を実行に移すことにした。

一度拠点の外に出た俺は、『土魔法』先生の力で周囲の木々を掘《ほ》ってなぎ倒す。

ゴブ一朗達が、外に出て拠点の周囲を狩って回った後だからか、魔物は一匹も出てこない。

俺はそのまま木を一箇所《いっかしょ》にまとめて、元の拠点の五倍程度の土地を整地し、再度土壁《つちかべ》で囲《かこ》った。

最後に、元々あった壁を壊《こわ》せば完成だ。

『土魔法』先生にかかれば、こんな大規模な工事も三十分もかからずに終わってしまう。

このまま魔力が続けば、地の果てまで開拓できるのではないだろうか。

『土魔法』先生、半端《はんぱ》ないな。

無事拠点も拡張したことだし、俺は次の計画に移る。

そう、拠点で生活する仲間を増やすのだ。

俺はまずゴブ一朗達に部下を作ろうと思い、ゴブリンとウルフ、そして角ウサギを五匹ずつ召喚した。

「よし、無事に召喚できたぞ。しかし、見た目だけだと誰が誰だかわからないのが問題だな」

タトゥーの場所は違っているが、それだけを頼りに判別する自信は全くない。

名前、どうしよう……

そんなに沢山すぐには思いつかないので、とりあえず各種族の名前プラス数字という形式にした。

もちろん、今後それぞれの個性が出れば改名する予定だ。

さらに熊の寝床で拾った蛇《へび》の魔石を使用して召喚を行うと、リトルスネークという名の蛇が出てきた。こいつはエレナの補助役だな。巳朗《しろう》と名付けよう。

残りの熊と人の魔石は8等級と9等級なので、次回に見送りだ。というか熊、8等級だったのか。強いわけだ。

今回の拠点の拡張と人員補強《ほきょう》には理由がある。

昨日のエレナの話で、人がいる場所がわかった。俺はいずれ、そちらに向かおうと考えている。

だが、国によっては魔物に排他的《はいたてき》な考えの国があるかもしれない。

ゴブ一朗達が入れる国であれば問題ないが、そうでなかった場合は一大事だ。俺は、この世界で初めてできた仲間を見捨てるつもりはない。

だからこの拠点を強化し、あくまでこの場所を中心に行動していくつもりだ。

そのため、どのような状況でもすぐに戻れるように、『時空間魔法』ＬＶ５は取得しておきたい。

いずれ、みんなが入れる国を見つけて連れていくのが目標だ。

新しい仲間や大きくなった拠点を見て、ゴブ一朗達は驚くだろうな――などと思いを馳せ、彼らの帰りを待った。

＊＊＊

新たに召喚した仲間は、すぐにゴブ一朗達に受け入れられ、拡大した拠点での生活は順調に進んでいる。

現在はゴブ一朗組、ポチ組、うさ吉組と三グループに分かれ、そこに日替わりでエレナと巳朗が加わって収集に行く、という体制だ。

ゴブ一朗達が毎日持って帰ってくる魔石でスキルポイントが溜まったので、『召喚』スキルをLV3まで上げて、熊と人を召喚してみることにした。

しかし、そこで少し事件が――

まずは熊を召喚。『鑑定』によるとグレーターベアという種族らしい。

一度洞窟で対峙《たいじ》しているとはいえ、改めて間近《まぢか》で見ると、その巨体と風格《ふうかく》に驚かされる。流石8等級だ。

敵としては恐ろしい相手だが、味方なら心強い。拠点のみんなも大いに沸《わ》いた。

俺は早速、熊五郎と名付けた。

続いて、人の召喚だ。

魔法陣から少しずつ身体が復元されていく。しかしそこで、俺は思い出した。

また服を用意し忘れた……

しかしこうなってはもう手遅れなので、俺は全てを諦め、敷物《しきもの》にしている毛皮を手に取った。

無事に肉体の復元が終わり、俺の目の前に裸体の男性が一人現れた。

見た目は四十代だろうか。顔つきは渋《しぶ》いが、首から顎《あご》にかけてタトゥーが入っていて、強面《こわもて》がいっそう際立《きわだ》っている。

俺が毛皮を差しだそうとしたその時……

「お父さん‼」

後ろからエレナの叫び声が響いた。

エレナは男性に駆け寄り、飛びついた。

端《はた》から見たら、うら若き乙女《おとめ》と裸の男が抱《だ》き合っているという絵面《えづら》だけど……大丈夫だろうか？

どう声をかけて良いかわからずに立ち尽くしていると、男性が口を開いた。

「初めまして、ご主人様。カシムと言います。この世界に蘇らせてくれたことをとても感謝しています。おかげでこうして再び娘に会えました。以後、少しでもお役に立てるように身《み》を粉《こ》にして働き、ご主人様に尽くさせていただきます」

彼はそう言って眩しいほどの笑顔を俺に向けた……全裸で。

「あ、ああ……よろしく」

俺はなんとかその衝撃から立ち直り、握りしめた毛皮を彼に渡した。

聞くところによると、カシムはエレナが幼い頃、ダンジョン攻略中に魔物に殺されてしまったらしい。

その時一緒に攻略していた仲間が持ち帰った魔石を、エレナはずっとお守り代わりに所《しょ》持《じ》していたのだそうだ。

そのエレナが熊に殺されてしまったので、彼女の魔石と一緒に落ちていたというわけだ。

運が良いのか悪いのか、よくわからないな。

しかし、彼女達の話から、この世界にはダンジョンがあることが判明した。

ゲームなどでは、ダンジョンの奥に財宝が眠っているパターンが多い。もしそういうものがあるなら、俺もいつか入ってみたいな。

＊＊＊

拠点を拡大してから一ヵ月は経っただろうか。その間、いろんなことがあった。

まず拠点の仲間全員が一段階進化した。

ゴブ一朗はゴブリンリーダー、ポチはグレーターフォレストウルフ、うさ吉は二角《ふたつの》ウサギ、巳朗はファングスネークに進化。

他のメンバーはホブゴブリン、フォレストウルフ、大角ウサギになった。

残念ながらまだ見分けはつかないけど、性別ははっきりしてきた。男は男らしく、女は女らしく、筋肉や体つきでわかるようになったのは大きい。

しかしエレナに関しては、強化は成功したものの、種族は変わらなかった。一人だけ進化できなかったとあって、彼女はしばらく落ち込んでいたようだ。

人族は進化しないのだろうか？　なんにせよ、情報が足りない。

さらに、新しい仲間も増えている。

まず、三週間ほど前、巳朗達が探索時に卵を四つ拾ってきた。

巳朗が口の倍以上ある卵を咥《くわ》えて持ってきた時は、丸呑《まるの》みにするつもりなのかと驚いたけど、俺の早とちりだったみたいだ。

一瞬、食べてしまおうかと思ったが、『光魔法』で透《す》かしてみたところ、既に卵の中で成形《せいけい》が始まっていたので、孵化《ふか》させてみることにした。

角ウサギ2号が率先《そっせん》して温めてくれたおかげで無事に四つともかえり、元気なヒヨコが出てきた。

『鑑定』の結果、ホークという鳥類のようだ。

生まれたてのヒヨコに『従属化』スキルを試してみたら、問題なく受け入れられた。

以前仮説を立てた通り、生まれた直後であれば、このスキルの効果は発揮《はっき》されるみたいだ。

ゴブ一朗達はあんなに暴れ狂っていたのに……

無事ヒヨコ達にもタトゥーが刻まれ、従属化が完了した。

これからみんなで育てていくつもりだ。

それから、なんとゴブリン3号と4号が妊娠《にんしん》した。おめでたい。

人間と違って三ヵ月ほどで産まれるそうなので、その日が待ち遠しい。拠点での楽しみが増えた。

最後に、俺のスキルポイントがかなり溜まった。

このところ狩りの効率も上がっており、ゴブ一朗達は森の中心部に向かってどんどん探索を進めているらしい。

彼らが魔石も多く持ち帰ってくるので、一日平均で500ポイント以上得られる。

それでも、問題が無いわけではない。収集物の運搬《うんぱん》が大変で、あまり拠点から離れて探索ができないのが不満だそうだ。

そこで、俺は『スキルブック』から『魔道具製作（必要値150）』をLV5まで取得し、ゴブ一朗、うさ吉、ポチ、エレナ用に『収納袋』を作った。

これを作るには魔石が必要で、その魔石の属性や等級によって性能が決まるのだが、現状では『時空間魔法』LV1と同じ十坪分ぐらいの収納しかない。いずれ等級の高い魔石が手に入ったら作り替える予定だ。

とはいえ、この収納袋は俺の時空間収納と同じように内部の時が止まっていて、なおかつ重量を感じさせない優れものだ。探索がはかどるのは間違いない。

運搬の問題が解消されたので、どんどん探索の範囲を広げるゴブ一朗達。

いずれ必要になるだろうと、『錬金術（必要値150）』をLV5まで取得して、回復ポーションを大量に制作した。今はかなりポイントに余裕があるから、これくらいどうってことない。

俺は保険をかけておかないと不安で眠れない性質《たち》なんだよ。

＊＊＊

今日、俺はついに計画通りに『時空間魔法』をLV5まで取得し、ロングワープを覚えた。

ロングワープは、一度行った場所や人物にマーカーを打ち込んでおけば距離に関係なくいつでもそこに移動できる優れものだ。

これで、好きな時に拠点に戻ってこられるようになったのだが、万が一拠点のみんなに何かあった場合に備えて、『念話《ねんわ》（必要値100）』もLV10まで取得した。

この『念話』は任意の相手にマーカーを打ち込めば、遠距離から会話ができるというスキルだ。レベルに応じて念話可能な距離が変わり、LV10なら無制限だ。これで、拠点に何かあってもすぐに戻ってこられるだろう。抜かりはない。

俺は明日にでも西に向けて出発しようと考え、みんなに招集《しょうしゅう》をかけた。

集まったみんなにこの計画を伝えたところ……なぜか全員に反対された。

特に、俺一人で行くことには全員大ブーイングだ。

ゴブ一朗達の意見内容はエレナやカシムが通訳してくれるが、どうやら俺の身に何かあっては一大事だとか、せめて誰かを共に連れていけとか騒《さわ》いでいるらしい。

「みんな心配性だな……」

そう笑って宥《なだ》めてみたものの、みんな頑《がん》として譲《ゆず》ろうとはしない。

俺の西への旅の第一歩は、仲間の説得から始まった。

結局、何かあったらすぐに帰還《きかん》すること、問題が生じた際は一人で解決しようとせず拠点の誰かを頼ること――これらを条件に、ようやく出発を許可された。

あれ、俺一応ここの主人で一番偉《えら》いはずだよね？　過保護《かほご》すぎやしないかな？

とはいえ、駄々《だだ》をこねても仕方ないのでその条件を呑んだ。

皆に見送られながら拠点を出た瞬間、この世界に来て初めて探索に出た時のことを思い出した。

そういえば、今でこそたくさんの仲間に囲まれているけど、俺はこの世界に一人で来たんだったな。

振り返れば、過保護だが俺を慕《した》って大事に考えてくれる仲間がいる。

「そんなに心配する必要ないのに……本当に仕方ない奴らだ」

俺は口元に笑《え》みを浮かべながらそう呟いて、森の西を目指して歩き出した。

森の西の探索は順調だった。

今回は歩いて拠点に戻る必要がないので、ひたすら西に向かう。

時々『気配察知』に魔物が引っかかるが、角ミサイルを回収している時間が惜《お》しいため、基本は遭遇しないようなルートをとる。それができない場合は、見つかる前に『風魔法』で首を刎《は》ねていった。

どれくらい進んだだろうか、そろそろ日が沈みそうなので、俺は今日の探索を切り上げることにした。

地面にマーカーを打ち、ロングワープで拠点に戻る。

「──ケ、ケンゴ様⁉」

「ただいま」

目の前で、エレナが目をパチクリさせていた。

まさか、出発したその日のうちに戻ってくるとは思っていなかったのだろう。

あまりの驚きっぷりに笑いがこみ上げてくる。

「だから過保護すぎるって言っただろう？」

＊＊＊

次の日も朝早くロングワープで戻り、ひたすら西に向かった。

しばらくなんの成果もないまま森を進み続け、三日目の昼頃、ようやく人の集落らしき場所を発見した。

木の柵《さく》で囲われた中に、木造の簡素《かんそ》な家が十数軒《けん》見える。

しかし、お昼時だというのに外に出ている人の姿が見当たらない。

このまま外から観察していても日が暮れてしまいそうなので、俺は意を決して集落に入り、人を探すことにした。

集落に入って改めて周囲を確認してみたものの、やはり誰もいない。

しかし、集落の中心付近に来た時、『気配察知』スキルに大量の反応がある家を一軒発見した。みんなで集まって、いったい何をしているのだろうか？

俺はその家の前まで行って誰か出てくるのを待ってみたが……しばらくしても誰一人として外に出てくる気配がない。

俺はとうとう痺《しび》れを切らして、その家のドアをノックしてみた。すると……

「――誰だッ⁉」

家の中から何かを警戒するような、張り詰めた声で返事があった。

「すみません、旅をしている者です。外に誰もいなかったので、こちらに伺いました。どなたか対応していただけませんか？」

「ドアから離れて少し待て」

良かった、少なくとも会話が成り立つ。

俺は言われた通りドアから離れて、家主が出てくるのを待った。

ようやくその家から複数の男が出てきたのだが、彼らは緊張した様子で辺りを見回して、何かを探しだした。

あれ、これはもしかして俺を探しているのかな？

「初めまして、佐藤健吾と申します。対応していただき、ありがとうございます」

「ッ‼」

男達は声をかけられて初めて俺を認識したようで、全員こちらを見て驚きの表情を浮かべている。

大げさだな。

「あの──」

「何者だ‼」

会話を続けようとした瞬間、大きな声が響き渡る。

ちょっと待ってくれ、急に大声を出されると、こっちの心臓に悪い。

　俺は困惑しながらも、改めて自己紹介をする。

「私は佐藤健吾と申します。ちゃんと聞こえているので、少し声を抑えていただけると助かるのですが……」

「何が目的で来た‼　奴らの仲間か⁉」

　しかし彼らの声は相変わらずだ。しかも、なぜか酷く怯えているように見える。

　しかも、後ろの人は鍬《くわ》や鉈《なた》などを構えてこちらを睨《にら》み付けている。

「奴らとは、どこのどなたのことでしょうか？」

「このタイミングで来て、しかもお前みたいな怪しげな風貌《ふうぼう》の奴が、関係ないわけがないだろうが⁉　約束は明日のはずだ。まだ用意はできていない‼　帰ってくれ‼」

　酷い言われようだ。

　初見《しょけん》でここまで拒絶されるとは……

　まさか見た目が原因か？　そのせいで変な奴らの仲間だと思われているのか？　後ろの人も相変わらず俺を見て怯えているようだし。

　地球にいた時は、日本人らしい平均的な顔立ちだと自負《じふ》していたが、今やその自信が失われそうだ。

　まさか、神様……体をいじった時に人相《にんそう》を悪くしたのだろうか？

　あの神様ならやりかねない。俺の中で神様の株は大暴落《だいぼうらく》中だ。

帰ったらみんなに確認してみよう……

「わかりました。お取り込み中のようなので、また出直してきます」

踵《きびす》を返し、集落を後にしようと歩いていると、背中に何かが当たって軽い痛みを感じた。

振り返って確認すると、足元にゴルフボール大の石ころが転《ころ》がっていた。

まさか、石を投げつけられたのか？

視界を上げて村人の方を見ると……何人かがこちらに向かって次の石を振りかぶっていた。

俺は慌ててその場から逃げ出す。

結局、初めての人里訪問は失敗に終わり、俺は罵声《ばせい》を背中に浴《あ》びながら村を後にしたのだった。

＊＊＊

すぐさまロングワープで拠点に戻った俺は、溜めた水に自分の顔を映して確認してみた。

しかし、多少若返ってはいるものの、地球にいた時に見慣れた、いたって普通の日本人顔だ。

この顔がマズいのかと思ってみんなにも意見を求めたが、評判は上々だ。

でも、こいつらは俺を主と仰《あお》いで心酔《しんすい》しているところがあるし、ゴブリンやウルフの感性は当てにならないからな……

とりあえず、問題発生時は一人で解決しようとしない、という約束に従って、エレナに集落の状況を説明した。

「ケンゴ様、私が話をつけてきますので、集落まで連れていってください」

「いやいや、絶対にやめた方がいい。石とか飛んでくるから、女の子一人だと危ないぞ」

「大丈夫です、任せてください」

エレナがあまりに自信満々なので、俺は再びロングワープで集落に戻って、彼女を送り届けた。

心配しながら待つこと一時間。エレナは無傷で戻ってきた。

えっ、話ができたの？　マジで？

流石我が拠点を代表する通訳さんだ。これからも何かあったらぜひ頼もう。

しかし、俺とエレナの何が違うんだろう？　やはり見た目か？

まぁ、気にしたところで現状変わらないので、今は彼女が無事に話を纏《まと》めてきたことを喜ぼう。

エレナによると、どうやらこの集落は先日山賊《さんぞく》に襲われて、女子供を連れ去られた挙句《あげく》、生活に必要な物資まで奪われたらしい。集落に人が少ないのはそのせいだ。

山賊の悪行《あくぎょう》はそれだけでなく、明日までに隠している財産を全て差し出さなければ、集落を焼き、女子供も殺すと脅《おど》してきたという。

最悪のタイミングで訪れてしまった不運を嘆《なげ》き、俺は天を仰いだ。

やはり、俺の幸運は死んでいる……

嘆きながらも、山賊と集落への対処をエレナと話し合う。

「これからどうしようか？」

俺はこの世界の初心者だから、ベテラン通訳さんの意見を聞くべきだ、と思ったものの……

「一人残らず皆殺しにすべきだと思います」

どうしよう……まさかこんな可愛《かわい》らしい通訳さんから〝皆殺し〟なんて残酷《ざんこく》な言葉が出るとは思わなかった。

俺は驚きながらも、なんとかエレナに返事をする。

「まぁ、善良な村人から財産を略奪《りゃくだつ》するなんて良くないよね。どうにかして山賊から救ってあげたいけど、俺達にできるかな？」

「いえ、皆殺しにするのは、この集落の住人です」

「………はい？」

山賊じゃなくて？　まさか、エレナが山賊側だとは夢にも思わなかった。むしろこのセリフ、山賊も驚くことだろう。

「はい。ケンゴ様に石を投げるとは万死《ばんし》に値《あたい》します。それに比べれば、山賊の略奪などは可愛いものです」

原因は俺だった。

唖然《あぜん》とする俺をよそに、エレナは続ける。

「ゴブ一朗先輩も言っていましたが、この世界にはケンゴ様の偉大《いだい》さを知らない愚《おろ》か者《もの》が多すぎます。いずれは全世界に、ケンゴ様の素晴らしさを知らしめる必要があります」

待て待て、エレナがどこぞの宗教の狂信者みたいな思考をしている。早急にどうにかしないとまずいことになりそうだぞ。

俺は間違いなく偉大ではないし、素晴らしいわけでもない。幸運が死んでいるだけの普通の人間だからな。

「俺が偉大かどうかは一旦置いといて、とりあえず、村人を皆殺しにするのはなしだ。俺はこの集落の人を助けたいんだよ」

「ケンゴ様がそう言うのでしたら、致《いた》し方ありません。断腸《だんちょう》の思いで、殺すのは諦めましょう。本当に優しいお方ですね」

村人を殺さないのはそれほどのことなのか……？

でも彼らが石を投げたのだって、俺の風貌が悪いせいで山賊と勘違いしただけだろうし、あまり手荒《てあら》なことはしたくない。

「それで、山賊はどうすればいいと思う？」

「拠点の者を総動員すれば問題ないでしょう」

村人への殺意に比べかなりあっさりした回答。

みんなを集める間、エレナには山賊がどっちの方に向かったのか、村人から情報を聞き出すようにお願いしたら、もの凄く嫌そうな顔をされた。

そんなに村人が嫌いなのか。……けど、エレナしかまともに交流できないから、我慢してくれ。

報告を待っている間、俺は『気配察知』をLV10に、さらに念のため『危機察知（必要値100）』もLV10まで上げておいた。

これで何かあったとしてもすぐに対処できる。いきなり死ぬことはないだろう。

エレナが聞いてきたところ、どうやら山賊は北に向かったらしいので、俺はロングワープでゴブ一朗達を連れていき、人海戦術で森をくまなく探索した。

しばらくすると、『気配察知』で複数の反応を捉《とら》えた。

LV10になり、半径五百メートルほどの範囲なら見えないところまで気配を探れる。

『念話』でゴブ一朗達に目標を見つけたことを教えたら、あからさまにがっかりしていた。

俺より先に見つけたかったみたいだけど、それはたぶん無理だろう。スキル様々《さまざま》である。

さて、山賊と思《おぼ》しき連中は全部で十人ほど。休憩中《きゅうけいちゅう》なのか、何もない空《あ》き地で焚《た》き火を囲みながら酒を呷《あお》っている。

腕に竜の刺青《いれずみ》がある大男、片頬に大きな傷がある目つきの悪い男など、全員粗暴《そぼう》な印象で、エレナが村人から聞いてきた山賊の人相とも一致する。

連中が山賊と考えて間違いなさそうだ。

捕《と》らえられているという村の女子供は、ここにはいないらしい。

女子供を誘拐《ゆうかい》し、村人を恫喝《どうかつ》するような連中にかける慈悲《じひ》はない。

問答無用《もんどうむよう》で『土魔法』を使い、全員膝まで地面に埋めて捕獲する。

硬化した土に骨を砕《くだ》かれ、男達がみっともない悲鳴を上げる。ゴブ一朗達が到着した時には、阿鼻叫喚《あびきょうかん》の地獄絵図《じごくえず》が広がっていた。

今まで、こんなにたくさんの人間を痛めつけた経験はないが、不思議と気持ちは冷静だ。

とにかく、この連中を解放してまた村を襲われては元も子もないので、ゴブ一朗達の〝経験値になってもらう〟ことにした。

「とうとう人を殺してしまったか……」

容赦《ようしゃ》なく山賊達の首を刎ねていくゴブ一朗達の姿を見ながら、俺は呟いた。

本来であれば、人間どころか他の生物でも、殺したり解体したりするのは心理的にかなり抵抗がありそうなものだが……実際目《ま》の当《あ》たりにしても、そうした忌避感《きひかん》はほとんどない。

一ヵ月以上この世界でサバイバル生活をしたおかげで、俺の中の生死に対する価値観に変化があったのかもしれない。あるいは、神様がくれた精神耐性の影響か。

俺が物思いに耽っていると、みんなは作業を終えていた。さっきより一段と落ち込んで、士気がだだ下がりだけど、いったいどうしたんだ？

そんな中、俺は山賊どもの情報を聞き出すために死体から魔石を一つ剥ぎ取り、召喚を行った。

さすがに、人の死体に刃物を突き立てるのはまだ少し抵抗がある。

だが、あくまで〝少し〟だ。このままいつか抵抗が無くなるのではないかと思うと、不安になる。

俺は思考を切り上げ、召喚を見守った。

そうこうしているうちに、無事一人の裸体の男が魔法陣から出てきた。

横を見ると、さっき魔石を剥ぎ取った男の死体がある。つまり、この男の体は二つ存在するということだ。人間で試す気にはなれないが、スキルポイントを消費して魔石から召喚を繰《く》り返せば、ずっと素材を剥ぎ取り続けられるんじゃないか？

俺は素材の無限採取という可能性に胸を膨《ふく》らませながら、男に山賊のことを尋《たず》ねた。

「お前達は村を襲った山賊で間違いないな？　あそこで何をやっていたんだ？」

「はい。俺はモーテンといいます。学もなんもないですが、よろしくお願いします。俺達は明日、食い物やお宝を奪った後村を全て燃やし、村人を殺すようにお頭《かしら》から言われて、野営《やえい》していました。ここにいるのはみんな下《した》っ端《ぱ》です。もう少し北に行ったところに拠点があって、お頭達はそん中にいます」

「その拠点には、何人くらいいるんだ？」

「人数ですか？　俺らを抜いて、あと二十人くらいいますね」

仲間を売ることになるだろうに、なんて素直に喋ってくれるんだろうか。

既に日が暮れかけているが、俺達は今日中に山賊をどうにかしようと、死体を回収してそのまま北へ向かった。

＊＊＊＊

北に進むと、少し小高い丘に、木で作った立派な拠点があった。塀《へい》が巡らされていて、屋敷というよりも、簡単な砦《とりで》のようだ。

凄いなこれ。一から作るのは大変だったろうに。

俺は感心しながら『気配察知』で索敵《さくてき》を行い、相手の配置を確認する。

先程同様、砦内の人間を『土魔法』で捕獲しようとしたら、ゴブ一朗から待ったが掛かった。

え？　今回は自分達がやるから、何もするなって？

ゴブ一朗達は素振《すぶ》りをしたり牙を見せたりして、それぞれやる気をアピールしてくる。

大丈夫だろうか？　心配で胃が痛い。

俺はいつでも魔法が発動できるように準備をしながら砦が見える位置に待機して、ゴブ一朗達の動きを観察する。

夕闇に紛《まぎ》れ、ゴブ一朗達が動き出した。

まず、ホブゴブリンの一匹が弓で見張りの一人を射貫《いぬ》き、そのまま二人目も仕留《しと》める。

あいつら、弓なんていつの間に作ったんだ？

そこから熊五郎が陽動《ようどう》に走り、威嚇《いかく》の声を上げる。

中にいる人間もその声に気づいたのか、砦の中が騒がしくなってきた。

あの声を急に聞いたらかなりビビるからなー。俺なら間違いなくパニックになる自信がある。

熊五郎が注意を表に引きつけたところで、砦の裏手《うらて》からゴブ一朗率《ひき》いる本隊が突入した。

大角ウサギが砦の防壁《ぼうへき》を突き破り、そこからウルフに乗ったゴブリンが突撃する。

凄いな、あいつらウルフに乗ってるよ……

本隊が取りこぼした獲物は、エレナやカシムが残さずに狩っていく。

同時に、残りの角ウサギとゴブリンが捕らわれた人達の救出も行っている。タイミングや連携《れんけい》がばっちりだ。

どうやら、『念話』でお互いの状況を確認し合って行動しているらしい。

やっぱりこいつら優秀すぎる。なんの心配もいらなかったな……

それから一時間もせずに、山賊達の砦は陥落《かんらく》した。

エレナから制圧の報告を『念話』で受け、俺は砦の中に入った。

中央には捕らわれていた人が集められていて、端《はし》の方に山賊の死体が並べられている。

俺の『気配察知』にも他の反応は見受けられない。完璧《かんぺき》だ。

俺は死体から魔石と服を回収するように指示し、中央に向かった。

一応、近くにエレナとカシムがいたものの、捕らわれた人達は周囲を魔物に囲まれている現状がよく理解できないのか、縮《ちぢ》こまっている。

まぁ、捕まっている相手が山賊から魔物に変わっただけにしか見えないから、不安だよな。

俺は捕らわれた人達を安心させようと声をかけた。

「もう大丈夫ですよ、この後みんな元の集落に帰しますから」

ところが、彼らは俺を見るなり悲鳴を上げ、中には小さく祈りだす者までいる。

「ヒッ！」

「神様、どうかお助けください……」

「あぁ、もう終わりだ」

優しく声をかけたのに酷い言われようだ。

近くにいるカシムやエレナには、そこまであからさまな拒絶をしていないようなので、やはり俺の容姿《ようし》はこの世界では受け入れ辛いのだろう。これはどうにかしないといけないな。

エレナとカシムに村人への状況説明と、盗《と》られた物資の選別を指示した後、俺は『スキルブック』を開いた。

容姿をどうにかできそうなスキルは……『認識阻害《にんしきそがい》』と『偽装《ぎそう》』というものがあった。『認識阻害』なんてものを取得したらもっと怖《こわ》がられそうなので、今回は『偽装（必要値150）』をLV10まで取得した。

早速スキルを使用してみたものの……自分では何が変わっているのかわからない。

試しに村の子供に話しかけてみたところ、手の平を返したように態度が軟化《なんか》し、感謝された。『偽装』の効果は問題なく発揮されているようだ。

それにしても、日本人顔が受け入れられないなら、召喚された勇者は大丈夫なのだろうか？

会ったこともない勇者達のことが少し心配になる。

そうこうしているうちに物資の選別が終わり、それらを空間収納に納めてから、俺達は村人を連れて集落に戻った。

集落で村人を解放した途端《とたん》、みんな自分の家に向かって走っていった。

家の前で家族と泣きながら抱き合い、再会を喜び合っている姿を見ると、助けて良かったと思えてくる。

俺は物資を中央の広場に置いて、そのまま静かに集落を出た。

山賊の砦に戻ると、ゴブ一朗がうさ吉とポチに向かってドヤ顔をしているところに出くわした。

どうやらゴブ一朗だけレベル上限まで達したようだ。ポチとうさ吉は悔《くや》しがっている。

まぁまぁ、心配しなくてもいずれみんな進化できるって。

二匹を慰《なぐさ》めながら砦の中を歩いていると、カシムが話しかけてきた。

「ケンゴ様、ご提案があります」

「ん？　どうしたんだ、改まって」

「死んだ山賊達を、拠点の労働力にしてはいかがでしょうか？」

「つまり、召喚して従わせるってこと？」

「はい。人的資源を有効利用するべきです。非道《ひどう》を働いた者達に遠慮する必要はありません。それに、ご主人様の配下になれば、文字通り心を改めるでしょう」

正直《しょうじき》言ってあまり気が進まないが、拠点を発展させるためには、モンスターだけでなく人手《ひとで》も必要になってくるか。

俺はカシムの提案に従って、早速砦の中で今回狩った山賊を召喚した。

目の前に現れたのは総勢《そうぜい》三十人ほどの裸の男女。四人が女で、残りは全員男だ。

これで我が拠点の人数も一気に倍以上に増えたことになる。

この人数から一斉に見つめられると、凄い圧力だ。

俺は、彼らに事前に剥ぎ取ってあった各自の服を着せてから、この砦の解体を命じた。

拠点の拡張に利用するために、ここにある資材は全て持って帰る予定だ。

砦には武器や防具等の装備類《そうび》や普通の衣服、それにこの国で使われている通貨も見つかった。

せっかくだから、サイズの合う服やマントを適当に見繕《みつくろ》い、村人みたいな味気《あじけ》ない服から着替えてみた。丈夫そうな生地の黒い服で、ちょっとした冒険者風の出で立《いた》ちだ。

それ以外にもパンや干《ほ》し肉、小麦、豆などの食料が置いてあった。

最高だ。これで今ある服と毛皮のローテーションから解放されるし、しかも我が拠点の食生活まで改善される。もう酸っぱい果実を食べる日々とはおさらばだ。

さらに、この砦の建材として使われている木材も捨てるのは勿体ない。

我が拠点は『土魔法』で作っているので、どこを見ても土ばかりで、視覚的変化が乏《とぼ》しい。それに、そろそろみんなも地面じゃなくて、ちゃんとした寝床で疲れを癒《い》やしたいだろう。目指せ木造住宅である。

俺は『時空間魔法』ＬＶ５のおかげでかなり広くなった空間収納に、片っ端から資材を詰め込んでいった。

＊＊＊

みんなを連れて拠点に戻った俺は、まずレベル上限に達していたゴブ一朗とエレナの強化を試みる。

レベルが上限に達すると強化はスキルポイントを消費するだけでできるので、７等級に上がる今回は、４０ポイント使用した。

今のところ必要ポイントは倍々で増えているから……１等級に上がる時どれくらい消費するか、考えるだけで恐ろしい。

強化の副作用で眠りについた二人を残し、俺は拠点の拡張に取りかかった。

いつも通り『土魔法』で木々をなぎ倒して整地、現拠点との境界《きょうかい》の壁を壊し、新たな壁を築く。人数の増加にあわせて、拠点の規模はかなり大きくした。

さらに、今回の防壁は城壁《じょうへき》をイメージして、前とは作りを変えてみた。壁の上に見張りが歩ける通路を増設《ぞうせつ》している。

これで外敵が来ても安心だ。今まで誰かが来たことはないのだが。

後ろでは作業を見守る元山賊達が目を丸くして驚いている。『土魔法』がそんなに珍しいのだろうか?

俺は現拠点の壁も改装しながら、元山賊達の居住区も造《つく》っていく。

さらに豆と小麦を栽培《さいばい》するために畑をかなり増やした。これらの作物は、山賊に農民出身者が多かったので、彼らに任せることにしている。

他にも調理場を拡張し、木造住宅を建築する予定地も整えた。

木造住宅が完成次第、土の寝床から移動していくつもりだ。

ただし、『土魔法』で作ったものは硬すぎるせいで誰も壊せない。だから土の寝床を撤《てっ》去《きょ》するのも俺の仕事だ。

大変だが、一人から始まった拠点生活も、こうしてみるみる人が増えて活気《かっき》が出てくるのは嬉しい。俺はみんなの意見を聞きながら、どんどん拠点を改装していった。

改築が一段落したところで、俺は拠点の各組のリーダーとカシム、元山賊で頭を張っていたオルドという男を集めて、今後の方針を話し合った。

強化が終わったゴブ一朗とエレナも同席している。

ゴブ一朗はゴブリンジェネラルに進化したが、エレナはまた強化だけで終わったようで、雰囲気《ふんいき》が暗い。

オルドは元山賊とはいえ、普通の農民程度の仕事はできるらしく、拠点内でのことは彼に一任して問題なさそうだ。

だが、やはり物資や食料の調達、その他にも専門的な技術が必要な作業などは、手の出しようがないという。

さて、どうしようか。

会議参加者から提案された第一案は、大きな街以外の集落を襲い物資を調達し、さらにそのまま殺した集落の職人を召喚し手駒《てごま》に加えるというものだった。

……誰だ、こんな過激派《かげきは》みたいなこと言い出したの、これではそこらの山賊と一緒……いや殺して手駒に加えるとか、山賊以上にヤバイ集団じゃないか。もっと穏便《おんびん》にいこうよ穏便に。

次に、地道にお金を貯《た》めて大きな街で資材を購入して調達、職人は奴隷《どれい》を購入して拠点で働かせるという意見が出た。

「なんだ、少しは普通のことを言えるじゃないか、さっきのはいったいなんだったんだよ」

まあ、奴隷っていうのはあまり感心しないけど、あの集落を見た限りではいかにも中世っぽい文明レベルだから、この世界ではそういう制度がまかり通っているのかもしれないな。

とにかく、痺れを切らしたゴブ一朗達がどこかの集落を襲って、取り返しのつかない事態になる前に、合法的に職人を確保する方法を模索《もさく》しよう。

本来なら給料を払って人を雇《やと》えればいいんだけど、こんな森の中で、モンスターと一緒に暮らそうなんて職人、まずいないだろうな。

仮に奴隷を購入するにしても、強制労働させるような真似《まね》はしたくない。ブラック企業は断固撲滅《だんこぼくめつ》だ。

いったいどんなシステムになっているのかわからないが、あまりに内容が酷いようだったら、購入した後に解放するくらいはできるだろう。

「それじゃあ第二案を採用ということでいいな？」

俺がそう纏めに掛かったら、エレナが手を上げてきた。

何か問題でもあるのだろうか？

「どうした？　何かあるのか？」

「はい、第二案を採用ということですが、それだとどうしてもお金を貯めるのに時間がかかってしまいます。そうなれば、ケンゴ様が望む拠点の改装も遅れてしまいます」

「時間がかかるくらいなら問題ない。今まで酸っぱい果実を食べ続けてきたんだ、今は食料も人手もあるんだし、ゆっくりやろう」

「そうですか……。ケンゴ様がそう言うのでしたら、その方針でいきましょう」

みんな少し不満そうだけど、いったい何が気に入らないのだろうか？

労働条件など、大まかな内容だけ決めておいて、具体的なことは実際に奴隷商とやらに足を運んだ時に決めよう。そもそも、奴隷は結構高額らしく、オルド達が持っていた金額だけでは足りないかもしれないからだ。

というわけで、次はどうやってお金を稼《かせ》ぐかをみんなで話し合う。

まだこの拠点で売れるような物は生産していない……いや、今まで狩った魔物の毛皮がたくさんあるか。

魔物の素材——爪や牙などもあるが、どれが売れるかは元冒険者であるカシムやエレナに聞いてみないとわからない。

ただ、魔物の素材でも角ウサギの角だけは売れない。あの角がないと、現状俺の攻撃力は著《いちじる》しく落ちるし、やはり戦闘にあの貫通力は外せないからな。

「ケンゴ様、生産物がない現状でお金を稼ぐなら、冒険者として任務を消化して報酬《ほうしゅう》を得たり、ダンジョンに潜《もぐ》ってそこで得た素材を売買したりする方法があります」

「なるほど、冒険者か……。その方法しかなさそうだな。どこに行けばなれるんだ？」

「この周辺で冒険者ギルドがあって、近くにダンジョンもある街となると、私達の故郷、アルカライムの街くらいですね」

「アルカライムなら、あの集落から歩きで西に三日ほどです」

オルドがエレナの返答を補足《ほそく》した。

とりあえず、今後の方針が決まった。

俺はダンジョンというものに期待を膨らませながら、アルカライムに行く準備を始めた。

＊＊＊

西への探索を再開して二日経った。俺はとうとう森を抜け、街道《かいどう》らしき場所に出た。

地面には馬車の轍《わだち》と思《おぼ》しき跡《あと》がある。

一気に人の気配がする場所に来て、俺は長いサバイバル生活が終わりを迎《むか》えたことを悟《さと》った。

逸《はや》る気持ちを抑えつつ、街道をさらに西へと向かう。

しばらく街道を進んでいると、馬車が物騒《ぶっそう》な集団に取り囲まれている現場に出くわした。

つい先日山賊と遭遇したばかりなのに……この世界はこれが普通なのだろうか？　治安が悪すぎる。

俺は通訳さんことエレナに『念話』で連絡を入れつつ、用心しながら馬車に近づいていった。

遠目ではわからなかったが、二台の馬車が十人ほどの黒い覆面《ふくめん》をした野盗《やとう》らしき者達に襲われていた。

既に一台は転倒していて、どうやら馬や乗っていた人も数人殺されているようだ。見たところ、襲っている連中は全員揃《そろ》いのローブを着ている。覆面といい、全身黒ずくめでちょっと不気味だ。

俺は一応逃げられる距離を保ったまま声をかける。

「あのー、すみません」

「ッ！　誰だお前は‼」

視線を遮《さえぎ》るものなんて何もないのに、全く気づかれていなかったとは、『隠密』スキルは優秀だな。最近発動しなくても気づかれないことが多い気がするが……

「あなた達はこの馬車を襲っているんですか？」

「誰だと聞いているだろうが⁉　くそっ！　おい殺《や》るぞ‼」

やはり穏便にはいかないらしい。とはいえ、事前に『気配察知』で馬車を囲んでいる奴らを全員捕捉《ほそく》していたので、いつも通り『土魔法』で首から下を全て土で覆って硬化する。

すぐに俺の目の前は阿鼻叫喚の地獄絵図に早変わりした。

うん、白目を剥《む》いて気絶《きぜつ》している人もいるな。申し訳ないが、もう少しそのままの状態で我慢してもらおう。

あとは馬車の中に五人の反応があるが……今まで俺は召喚した者を除いて、この世界で初対面の人と意思の疎通ができた試しがない。そのため、通訳さんを挟んで少しずつ会話に入っていくという方針にした。

そこで俺は、ロングワープで拠点に戻り、エレナを連れてきた。この間約五秒。

恐らく、馬車の中にはまだ被害者の方がいるだろう。

今回は初めて街に行くのだ。少しでも友好的な関係を築いておきたい。ここからの会話をエレナに任せ、俺は後方から魔法と角ミサイルをいつでも発射できるように用意する。

「馬車の中にいる方、聞こえていますか？　こちらは馬車の外にいる方々を無力化し、包囲しています。そして馬車の中にあなた達五人しかいないこともわかっています。無駄な抵抗はせずに、投降《とうこう》してください」

流石通訳さん、完璧な降伏勧告《こうふくかんこく》だ。これは穏便に終わらせられそうだ。

「てめぇらは誰だ⁉　俺らが『黒の外套《がいとう》』メンバーだと知った上でこんなことをやっているのか⁉」

「いえ、知りません」

「ッ⁉　だが、こっちにはまだ人質《ひとじち》がいる！　こいつらを殺されたくなければ、仲間を解放して馬車から離れろ‼」

「それは無理です。そちらで捕らわれている方に人質としての価値はないので、殺していただいてもかまいません。あと一分だけ待ちます。全員出てこなければ、問答無用で馬車ごと吹き飛ばしますので、ご了承《りょうしょう》ください」

うん、全然穏便じゃなかった。むしろ向こうよりこちらの方が過激だ。どうしよう。

俺はハラハラしながらエレナのことを見つめるが、彼女はいたって平常運転だ。

徐々に我慢の限界に近づいているのか、彼女の手には赤い火の玉が形成されつつある。

最近鑑定してなかったけど、『火魔法』使えたんだなー。大した進歩だ。

などと、俺は彼女の赤い髪を見ながら感慨《かんがい》に浸《ひた》った。

もうすぐ一分経過するが、馬車からは誰も出てこない。

いよいよエレナの魔法が文字通り火を噴こうかというその瞬間、馬車から二人が飛び出してきた。俺は即座に『土魔法』でその二人を捕獲する。

だがエレナは何故か、その火の玉を被害者しか乗ってないであろう馬車に向けて撃ち出した。

え、撃っちゃうの？

火の玉は馬車の間を通り抜け、そのまま遠くの地面に着弾して轟音《ごうおん》と共に爆散《ばくさん》した。

馬車に当たらなかったのは幸いだが、彼女が当てる気ではなかったのか、外れただけなのかわからない。ストレスでも溜まっているのだろうか？

俺はどんなことをしてもエレナだけは怒らせまいと心に決め、馬車に近づいて中にいる人に呼びかけた。

「馬車にいる方、聞こえますか？　既に野盗はいないと思われますが、一応、出てきていただけますか？」

返事はない。

「やはり燃やしましょう」

「待て待て！」

本当にエレナは過激だな。

俺は警戒しながら馬車の中を覗く。

中にいたのは男性一名に女性が一名、幼い少女が一名。全員殴打《おうだ》された痕《あと》があるので、気を失っているのかもしれない。とりあえず全員に『回復魔法』をかけ、エレナには外の奴らをどうにかしてくるように指示した。

さて、この人達は日が暮れる前に目を覚ましてくれるだろうか。

俺は外から聞こえはじめた悲鳴を聞きながら、この人達が起きるのを待った。

外が片付いたようなので馬車から降りると、野盗達は綺麗に頭だけ飛ばされていた。

このまま死体を残していても精神的によろしくないので、馬車の人達をエレナに任せて、とりあえず全て収納する。

この空間収納の素晴らしいところは、対象に体の一部が触れれば即座にそれを収納できる点だ。

おかげでわざわざ物を持ち上げたり詰め込んだりしなくて良いし、飛び散《ち》った血みたいな液体まで綺麗に収納できる。非常に便利だ。

収納する際に数えたら、野盗の死体は全部で十二体、それとは別に被害者と思《おぼ》しき死体が五体、さらに馬が二体あった。

馬か……召喚したら便利そうだな。魔石もらえないかな？

そんなことを考えながら作業をしていると、馬車から人が降りてきた。

『回復魔法』のおかげか、二人とも顔色は良さそうだ。

彼らは既にエレナから説明を受けているらしく、俺の顔を見るなり頭を下げた。

「この度は助けていただいて、ありがとうございます。私はザック商会を営《いとな》んでいるザックと申します。こちらは妻のメアリーと娘のアンナです」

まさか初めからまともに会話ができるとは……通訳さんを挟んだのは正解だったな。

だが、この惨状《さんじょう》を子供に見せるのは少し酷《こく》じゃないか？

俺は奥さんと娘さんを馬車に戻し、ザックさんに何故襲われたのか詳しく話を聞いた。

彼らは隣街に買いつけに行っていたところで、アルカライムに戻る途中に襲われたらしい。

恐らく、襲った連中の目的は買いつけた物資だろう。

「なんとか三人だけでも助かって良かったです。私はケンゴと言います。それで、これからどうしましょうか？　馬車は一台壊れているようですし、馬も死んでいます。積み荷《つに》の移動でしたらお手伝いできますよ？」

ザックさんは恐縮《きょうしゅく》した様子で首を横に振る。

「いやいや、助けてもらった上に、そこまでしていただくわけにはいきません。まだなんのお礼もできていませんし……」

「お礼などは必要ありませんよ。私達もちょうどアルカライムに行く途中ですから、ついでに運びましょう。気にしないでください」

「そうですか……では申し訳ありませんが、よろしくお願いいたします。本当に、何から何までお世話になってしまい、面目《めんぼく》ありません」

「いえいえ、困った時はお互い様です。それで、この遺体《いたい》はどうしましょうか。不要でしたら私達の方で処分しますが」

黒の外套とかいうのが気になるから、できればさっさと召喚して情報を得たいが……今はまだザックさん達がいるので、とりあえず俺達が処分して持って帰る方向で話す。

「この野盗達の所有権はケンゴ殿《どの》にあります。死んだ馬も処分していただいてかまいません。しかし、できればこの馬車を護衛《ごえい》していた五人の遺体だけ譲ってはいただけないでしょうか？　彼らはいつも依頼を受けてくれていた冒険者達でして、手厚《てあつ》く弔《とむら》ってやりたいのです」

「わかりました。では、残りの遺体と荷物を収納してしまいますね」

期《き》せずして馬が手に入ったので、移動が楽になる。野盗の遺体は拠点に戻って召喚しよう。

エレナに遺体や積み荷を収納するように指示すると、後ろでザックさん達が目を見開き驚いていた。

「まっ、まさかそれはアイテムボックスですか？」

アイテムボックス？　収納袋が珍しいのだろうか？

「いえいえ、これは私が製作した、見た目より少しだけ多めに入るただの収納袋ですよ。アイテムボックスとは初めて聞きますが、スキルの名前かなにかですか？」

「アイテムボックスをご存じないのですか？　はるか昔、この世界に召喚された黒髪黒目の勇者が、万物を無限に収納できるスキル――アイテムボックスを使用して、魔王討伐の助けとしたという言い伝えがあるのです。このお話は有名だと思っていたのですが、ご存じありませんでしたか。街の図書館に行けば、過去の勇者の冒険譚《ぼうけんたん》に載《の》っていますよ」

「そうだったんですか……いえ、私はつい先日まで田舎暮《いなかぐ》らしをしていまして、そういうのには疎《うと》いんですよ。勉強になります」

「いやいや、こちらも不躾《ぶしつけ》にスキルのことを聞くなんて、失礼な真似をしてしまい、申し訳ありません。ただ、ケンゴ殿が伝承《でんしょう》にある黒髪黒目だったので、てっきり今話題の帝国に召喚された勇者様かと思ったもので」

「黒髪黒目……この収納袋以外にも、私と勇者で似通《にかよ》ったところがあるんですね……そんなに黒髪黒目は珍しいんですか？」

「私は生まれてこの方、一度も黒髪黒目の人には出会ったことがありませんでした。ケンゴ殿が初めてです」

ほうほう、そんなに珍しいのか。目立ちたくないし、これは髪を染めた方がいいかな？

そもそも『偽装』スキルが発動しているはずなんだが、いったいみんなにはどういう風に見えているのだろう。うちの拠点の奴らはそこら辺のことは何も言わないからな……

『偽装』スキルで隠せるならそれに越《こ》したことはないが、とりあえず帰ってから要検証だ。

「それに今は、みんなが帝国の勇者について噂していますからね。ケンゴ殿が街に行けば間違える人もいるでしょう」

「それは困りましたね、ハハハ」

早急になんとかしよう。面倒事の臭いしかしない。

「しかも、帝国は勇者召喚で勢いに乗って、魔王の魔石を集めるために戦争の準備をしているとの話もあります。街で何かする時は気をつけてくださいね」

「魔王の魔石……それは戦争を起こすほどのものなんですか？」

「魔王の魔石のこともご存じないんですか？　その昔、勇者が魔王を討伐した時に魔石を四つに割り、その四つを大国で保管、封印しているんです。一つの欠片《かけら》でも絶大《ぜつだい》な力があると言われているほどのものです。これも勇者の冒険譚に載っていますよ」

「そんなことになっているんですね。色々教えていただき、ありがとうございます。とても助かりました」

「いえいえ、こちらこそ助けていただいたのですから、お互い様です」

「そろそろエレナも荷物を収納し終えたようです。街に向かいますか」

魔王に魔石か……。俺は余計なフラグを立ててしまったのではないかと心配しながら、馬車の荷台に乗り込んだ。

＊＊＊

俺は人生初の馬車の荷台に乗り、揺《ゆ》られていた。

予想以上に馬車が揺れるせいで、半日にして俺のお尻が悲鳴を上げている。

荷物は全てエレナの収納袋に入っているので、荷台には俺達以外何も乗っていないが、俺は今一歩も動くことができない。

何故なら、今俺の足の上にはアンナちゃんが載っているのだ。

年の頃は五、六歳くらいだろうか、とてもおませなアンナちゃんは、俺の足の上から一歩たりとも動こうとしない。

その間、俺は地球の童話《どうわ》——桃から生まれた男の話や、亀に乗って海の底に行った男の話、それにガラスの靴《くつ》を履《は》いたお姫様の話などを彼女に聞かせていた。

アンナちゃんは話の要所要所で面白いくらいリアクションをしてくれるから、とても可愛い。

最近、人の首を刎ねたりなんだりで心が荒《すさ》んでいたので、とても癒やされる。

しかし、現状一つだけ大きな問題が発生している。お尻？　いや、お尻の痛みなど気にならないほどの問題だ。

エレナが怖い。

さっきからずっとこちらに微笑《ほほえ》みかけているのだが、目が全然笑っていない。もの凄いプレッシャーだ。理由を聞いても〝ケンゴ様はお優しいですね〟やら〝決して羨ましいわけではありません〟など、よくわからない返事をしてくる。どうしろというのだろうか？

それにしても、こうやって子供と遊んでいると、生前の自分の子供が思い出される。

あいつは元気にしているだろうか……

既に『神の幸運』が信じられなくなっている俺には、心配しかない。

もはや祈ることしかできない自分が本当にもどかしい。ホント、頼むぞ神様……

俺は心中で溜め息をつきながら、アルカライムへ到着するまでの間馬車に揺られ続けた。

冒険者ギルド

日が暮れる前、ようやく遠目に街が見えてきた。

俺はこのまますんなり中に入れるかと思っていたが、どうも日暮れと同時に門を閉じてしまうらしく、俺達は街を囲む外壁《がいへき》の周辺で一泊することになるそうだ。

街を囲む外壁の上には見張りまでいるから、こっそり侵入《しんにゅう》するのも難しいだろう。

街の住民を守るためとはいえ、かなり警備《けいび》が厳重《げんじゅう》だ。森が近いからか？

でもまぁ、とりあえずアンナちゃんと一緒にいられる時間が増えたのは素直に喜ばしい。

俺は彼女が寝るまでの間、ずっとお喋りを続けた。

翌日、俺とエレナは馬車の上で目を覚ました。ザックさん達は自前のテントの中だ。

既に起きていた彼らと朝食を済ませた後、俺達は街に入るために門の前に並んだ。

前方に並んだ人達は皆、守衛《しゅえい》と軽い問答をしただけでスムーズに中に入っている。

これなら俺も問題なく入れそうだと、淡い期待を抱く。

ザックさんが言っていたように、帝国が戦争の準備をしている噂があるなら、帝国が召喚した勇者同様の黒髪黒目がこの時期に現れれば怪しまれてもおかしくない。

できれば『隠密』で見つからないといいのだが……

しかし、いざ自分達の番になり、守衛の前に並んだ時――

「おい、お前ちょっと待て」

俺の期待を裏切る声が聞こえた。

あわよくば『隠密』でやり過ごせないかと思っていたのに、アンナちゃんが膝の上にいるからバレたのだろうか？　お願いだから『隠密』よ、こんな時こそ働いてくれ。

「黒髪黒目だと？　お前何者だ？　帝国で勇者が召喚されたらしいが、その関係者か？」

守衛が俺に鋭《するど》い目を向けてくる。

「いえいえ、私は勇者とは無関係ですよ。実は私勇者の冒険譚が昔から大好きでして、生まれつき黒目だったこともあり、髪を染めて憧れの勇者様の真似をしているんです。似合っているでしょう？」

適当にはぐらかすと、守衛は露骨《ろこつ》に不機嫌そうな顔をした。

「――チッ。紛らわしいことしやがって……おい！　身分を証明できる物は持っているのか？」

「いえ、冒険者になろうと思って田舎から出てきたので、今は身分を証明できる物は何も持っていません」

「んー、普段ならそういう場合は仮手続きで入って、冒険者ギルドで身分証を発行した後、再度戻ってきてから本手続きをしてもらうんだが……お前は怪しいからな、どうしたものか」

「ちょっとよろしいですか？」

街に入ることすら怪しくなってきたところで、見かねたザックさんが会話に割って入った。

「なんだお前は？」

「私はザック商会を営むザックと申します。身分証はこちらです。実は先日、ここから東の街道で野盗に襲われまして、この二人に助けてもらったんです。しかもその後、ここまで護衛を務《つと》めていただいています。人柄も問題ないと思いますし、それでは信用に値しませんか？」

「野盗だと？　証拠《しょうこ》はあるのか？」

「ケンゴ殿、馬車からちょっと持ってきてもらえませんか？」

ザックさんが咄嗟《とっさ》に機転を利《き》かせてくれた。

俺は馬車の中に入り、空間収納から野盗の首を出して、守衛のもとに持っていった。

「この傷は……指名手配中の男の特徴《とくちょう》と合致《がっち》する。襲われたのは本当のようだな。お前が撃退《げきたい》したのか？」

「いえ、ほとんどそこのエレナという冒険者が撃退して、私は少しお手伝いをしただけです」

「そうか、エレナと言ったか？　お前が冒険者というのは本当か？」

「はい。ですが、現在冒険者証を紛失《ふんしつ》していまして、この後ギルドで再発行していただく予定です」

「ふむ、いいだろう。では、お前ら二人は冒険者ギルドで冒険者証を発行し、その後もう一度ここまで来い。三日以内に来ない場合は指名手配するからな。それから、野盗の件は被害届を出すように」

「はい」

「わかりました」

俺はザックさんに感謝をしながら、門をくぐった。

＊＊＊

アルカライムの街は朝から活気に溢《あふ》れていた。

石畳《いしだたみ》の道に沿《そ》って石造《いしづく》りや木造の家々が立ち並び、大通りに面した小さな露店《ろてん》の数々からは、客を呼び込む大きな声が聞こえる。

凄いな。俺の拠点も人数が増えてきたし、いずれこんな大きな街のようにしたい。俺は今後の拠点の参考にすべく辺りを見回し、どんな職人を雇おうか考えながら街中を歩いた。

少し行くと、すぐにザックさんの商店が見えてきた。

大通りに面していて、とても良い立地だ。さぞかしやり手なのだろう。

「本当にありがとうございました。助けていただいた上に荷物まで運んでもらって、これで無事商売が再開できそうです。少しばかりですが、お礼にお受け取りください」

ザックさんはそう言って、小さな袋を差し出した。

金属が擦《こす》れる音がする……お金だろうか？

「いえいえ。こちらこそ、街の入り口で助けていただいたので、受け取れません。あの時は本当に助かりました」

「ですが……」

「困った時はお互い様です。どうしてもと言うのでしたら、それでアンナちゃんに本でも買ってあげてください。アンナちゃんとは、今度またお話を聞かせてあげる約束をしてしまいましたから。次はいつ来られるかわからないですし、その間何か気を紛らわせる物がないと怒られそうなんですよ、ハハハ」

「あなたという方は本当に……。わかりました、この町で何か入り用《いりよう》や困り事があったら、私を頼ってください。ケンゴ殿のお役に立てるように尽力《じんりょく》いたします」

ザックさんは深々と頭を下げた。

「ザックさんも、何かあったら教えてください。微力《びりょく》ながらお手伝いします。では、私達は冒険者ギルドに行くので、これで失礼しますね。またいずれ」

「ありがとうございます。私は護衛達を弔ってやろうと思います。神よ、この出会いに感謝します」

俺も初めて『神の幸運』に感謝を覚えながら、軽く会釈《えしゃく》をする。

「おじさーーん！　お話、約束だからねー‼」

少し歩いたところで後ろからアンナちゃんの声がした。

俺達は手を振りながら、ザックさんの店を後にした。

＊＊＊

その後、エレナの案内で冒険者ギルドを訪れた。

故郷なだけあって、彼女は細かい路地裏《ろじうら》も迷うことなく、目的地へ最短ルートで辿《たど》り着いてみせた。

目の前にあるのは二階建《だ》ての立派な建物。周囲の建物と比べてもかなり大きい。

中はいったいどうなっているのか、少しワクワクしながら二人で足を踏《ふ》み入れた。

入り口から左手側にカウンターがあり、こちらで受付業務をやっているようだ。その隣に二階に上がる階段がある。

入り口から右手側は酒場になっているらしく、まだ昼間だというのに数組の冒険者が酒を酌《く》み交《か》わしていた。

とりあえず、俺とエレナは冒険者証を発行してもらうべく、受付に並んだ。

しかし、しばらく列に並んでいると、唐突《とうとつ》に少女の声で呼びかけられた。

「エレナちゃん‼」

次の瞬間、俺の目の前にいたエレナが突然視界から消え失《き》せ《う》た。

よく見ると、エレナは地面に倒れていただけなのだが、腹に見慣れない人物がくっついている。

「エレナちゃん、エレナちゃん、エレナちゃん、エレナちゃんが生きてたよー、良かったー」

「カスミ、重いです、放してください」

どうやらエレナの知り合いらしい。

だがスキンシップが激《はげ》しすぎる。俺なら驚いて心臓が止まるぞ。

「良かったー、森に探索に行ったきり一ヵ月以上連絡がなかったから、ギルドでもあと半月連絡がなかったら死亡扱《あつか》いにするって決まったとこだったんだよ。けど、本当に生きてて良かったよー」

「心配してくれていたんですね。ありがとうございます。けれど、私はちゃんと生きていますので。とりあえず、離れてもらえませんか？」

「もう！　久しぶりの再会なのに、冷たいなー。まぁ、その冷静さがエレナちゃんの良いところなんだけどねー」

カスミは渋々《しぶしぶ》といった様子でエレナから離れて、立ち上がった。

「それはそうと、今まで連絡もなしに何をやっていたの？　あの時受けた森の探索の依頼はもう駄目になっちゃってるよ？」

「実はあの時、森でグレーターベアに襲われて……」

「グレーターベア!?　しかも、森の外周部で!?　それ、本当だったら一大事だよ!!」

「本当です。あの時襲われて、もう駄目だと思った時、そこにいるケンゴ様に助けていただきました。その時の怪我が少し酷くて、今まで療養《りょうよう》していたので、連絡ができませんでした」

しかし、カスミという女の子はエレナの隣に並んでいる俺を認識できないのか、キョロキョロ視線を彷徨《さまよ》わせる。

先程の〝カスミダイブ〟でビックリした時に、『隠密』が発動したのだろうか？

「ケンゴ様？　その人どこにいるの？」

「そこにいますよ」

「？」

「あのー、ケンゴは私です」

まだ気づいていない様子なので、俺はわかりやすいように手を上げながら返事をした。

「ッ‼」

よほど驚いたのか、カスミという女性は目を見開き、飛びすさって俺から距離を取った。

急に現れて驚くのは仕方ないが、流石に警戒しすぎじゃないだろうか？　少し傷つく。

「何者だ⁉」

さっき名乗ったのはスルーされたようだ。

「私は先程紹介に与《あずか》りましたケンゴと申します。以後お見知りおきを願います」

「そんなことは聞いていない‼　お前は何者だ⁉　何が目的でここに来た‼」

カスミは凄い剣幕《けんまく》で俺に詰め寄る。

なるほど、さっきの自己紹介がスルーされたわけではなく、立場を明らかにしろということか。

しかし、何者かと聞かれても、自分でも何者かはわからない。どうしよう……

見回すと、何故か周囲に並んでいた人もこちらを警戒しているし、中には抜剣《ばっけん》している人もいる。

あれ、おかしいな。『偽装』スキルが発動してないのか？

とりあえず無害をアピールする。

「何者かと聞かれても答えられませんが、一応、ここには冒険者登録をしにきました。特にそれ以外の用件はありません」

「冒険者登録ですって？　いったいどういう……」

次の瞬間、ギルド内の重い空気を切り裂《きさ》いて、エレナの声が響いた。

「カスミ、いい加減にしなさい‼　それに他の人達まで、私の恩人に向かってなんてことをしているのですか‼　それ以上は私が許しません‼」

エレナは静かに抜剣し、身体の周囲に『火魔法』による炎を展開しはじめる。これにより、ギルド内の温度が一気に上がった。

赤い髪が灼熱《しゃくねつ》の炎のようにゆらめき、炎の女神《めがみ》が舞い降りてきたのかと錯覚《さっかく》してしまいそうだ。

俺は場違いにも、その姿をとても綺麗だと感じた。

「エレナちゃん……？　その力は……」

カスミは呆然《ぼうぜん》と呟く。そんな中、制止の声を上げながら、人混みをかき分けてくる男がいた。

「はいはーい、ストップストップ‼　ギルド内で暴力沙汰《ぼうりょくざた》は御法度《ごはっと》だよー‼」

「ギルドマスター」

ギルドマスター？　カスミちゃんがそう呼ぶ男は一見かなり若そうに見える。いくつぐらいだろうか？

俺はいきなりギルドのトップが出てきたことに、少なからず驚いていた。

「とりあえずみんな落ち着いてね。抜剣している人も危ないから、ちゃんと収めて収めて。それに、エレナちゃんだよね？　久しぶり。でも、このままだとギルドが燃えちゃうよ。ひとまずその魔法を消してもらえるかな？」

口調は軽いが、みんな彼の言葉に耳を傾け、素直に指示に従っている。しかも、驚いたことにエレナまで剣を収めているではないか。

余程信用されている人物なのだろう。

「それで、何が起こったか誰か説明してくれないかな？」

「では、私が説明します」

ギルドマスターの質問に、エレナが手を挙《あ》げて答えた。

流石は我が拠点ナンバーワンの通訳さん、説明もお手の物だろう。

これでもうこの場は解決したも同然だ。

「私達が冒険者証を発行しに訪れたところ、カスミを含め周囲の者達が急に抜剣し、こちらのケンゴ様を襲おうとしてきたため、私がみんなを制止しようとしました。そこにギルドマスターがいらっしゃったのです」

うん、そうだよ。そうなんだけど……

エレナ自身は事実を言っているつもりかもしれないが、カスミちゃん達からすればいきなり一方的に自分が悪いと上司に報告されているようなものだ。

カスミちゃんも、突然俺が目の前に現れたように見えたから、身を守るために警戒しただけだろう。エレナももう少しオブラートに包んで説明しないと、誤解《ごかい》されるぞ？

大体通訳さんは俺の前だとかなり過激な台詞《せりふ》が多いが、いつもどうやって拠点を纏めているのだろうか？

それにカシムやオルドが拠点に来た今、どのような手段で我が拠点のナンバーワン通訳の地位を保ち続けているのかも気になる。賄賂《わいろ》か？

「ふむふむ、確認するよ？　エレナちゃんとケンゴさんは冒険者証を発行しにギルドに来た。一方、カスミちゃんは、今まで行方不明《ゆくえふめい》だったエレナちゃんを見つけて、嬉しさのあまり興奮してタックルした。しかし、近くにいたのにたまたま見えなかったケンゴさんに気づき、ビックリして警戒したところ、周囲にも緊張が伝わり、居合《いあ》わせたみんなも抜剣。それを注意するために、エレナちゃんが魔法を展開しはじめた時に僕が来た――ということでいいのかな？」

「はい、大体合っています」

大体じゃないよ、全部合ってるよ……

まさかエレナのあの説明でここまで理解できるとは……こいつ化け物か？

いや待て、もしかして俺がおかしいのか？　周囲を見てもみんな頷《うなず》いているし。

これは早急に『共通語』スキルを上げる必要があるな……

「エレナちゃんの説明通りだとすると、これはギルドの不手際と言うことになるね。カスミちゃんも反論はないようだし、今の証言に問題はないんだね？」

「はい、エレナちゃんの説明通りです」

やはり俺がおかしいようだ。

「じゃあ、僕と一緒にケンゴさん達に謝罪をしようか？」

「ですが、マスター……」

「僕は謝罪をすると言ったよ？」

「……はい」

あのミサイルのようなカスミちゃんを一言で黙らせるとは……この人はかなり凄い人みたいだな。

エレナも大人しかったし、いったいどうやっているのか、コツを教えてほしい。

そんなことを考えている間に、ギルドマスターなる人物が俺の前まで歩いてきた。

「初めまして、ケンゴさん。僕はこのギルドでマスターをしているクリフォードと言います。この度は我がギルドの従業員のカスミがお二人に多大なるご迷惑をおかけしてしまい、本当に申し訳ありませんでした。厚かましいお願いかと思いますが、どうか許してはいただけないでしょうか？」

そう言うと、クリフォードさんは深く頭を下げた。後ろでカスミちゃんも同じく頭を下げている。

周囲がざわつく。

そりゃそうだ。この冒険者ギルドのトップがよくわからない男に頭を下げているのだから。

このままだと視線を集め続けてしまう。胃が痛い。

「クリフォードさん、頭を上げてください。こちらは冒険者証を作りに来ただけですし、実害はなかったので、これ以上問題にする気はありません」

「ありがとうございます。そう言ってもらえるとこちらとしてもとても助かります。ではこの件は水に流すとして、ケンゴさんは冒険者証を作るんですよね？　誰か空《ぁ》いている人は……あっ、リアナさん、お願いしても良いかな？」

クリフォードさんは周りを見回して一人の女性に声をかけた。

「はい、わかりました。それではケンゴ様、エレナ様、あちらの奥にある個室で手続きを行いますので、移動をお願いいたします」

「リアナさん、よろしくね。さぁさぁ、みんなも通常営業に戻って。あっ、カスミちゃんは後で僕の部屋に来てね」

あとで怒られるであろうカスミちゃんの冥福《めいふく》を祈りながら、俺達はクリフォードさんに軽く会釈をし、促《うなが》されるまま奥へ向かった。


俺達が案内されたのは応接室らしく、ソファーとテーブルが綺麗に並べてあった。

俺とエレナは並んで座り、リアナさんから説明を受ける。

「では、これから手続きを行いますね。まず、ケンゴ様の冒険者証発行とエレナ様の再発行に手数料として、銀貨四枚かかりますが、よろしいですか?」

「はい、問題ありません」

「では、エレナ様はご存じかもしれませんが、ケンゴ様のために冒険者について説明いたしましょう。依頼を受け、それを遂行《すいこう》し報酬を受け取る者、あるいはダンジョンに挑み、宝物やそこで得た素材等を売買して金銭《きんせん》を得る者を、総じて冒険者と呼んでいます。冒険者にはFからS級までのランクが設定されており、この等級は冒険者の強さ、周囲から得る信用を元に設定されます。また、C級以上になると、指名依頼や緊急《きんきゅう》依頼を受注できるようになります。指名依頼は受注せずに断ることも可能ですが、緊急依頼は余程の理由がない限り強制なので、ご注意ください」

リアナさんは淀《よど》みなく説明を続けていく。

「また、ギルドは先ほど説明した売買や依頼の報酬から一割を手数料としていただいています。ちなみに、ギルドからの指名依頼や緊急依頼等の報酬もその手数料から賄《まかな》われています。これらの規則を守り、ギルドの不利益になることを行わない限り、ギルドは冒険者の自由と身分を保証し、保護いたします。大まかな規則はこのようなものですが、何か質問はありますか？」

「大まかな、と言いましたが、これ以外にも細かな規則があるんですか？」

俺は念のため確認する。

「はい。しかし罰則《ばっそく》のない、主に心得《こころえ》を示したものになります。受付に冊子《さっし》もありますので、気になるようでしたら後でご覧《らん》ください」

「わかりました。もう大丈夫です」

「では、カードの発行に移ります。カードを用意しますので、こちらで少々お待ちください」

そう言って、リアナさんは部屋を出ていった。

彼女が戻ってくるまでの間、俺はこの後予定している買い物について、エレナと相談しようとしたのだが……

「お待たせしました」

いや、少々どころか全然待ってないだろ。走ったのかな？

部屋を出て行って十五秒ぐらいしか経ってない。

息一つ乱さないリアナさんを感心しながら見ていたら、一枚のカードを差し出された。

「これは特殊《とくしゅ》な魔道具で、血を一滴《いってき》垂《た》らせば、そこから情報を読み取って登録し、その人専用のカードになるものです。早速ですが、血を垂らしてみてください」

俺達はそれぞれ用意したナイフで指の腹を少し切って血を垂らす。

すると、カードが淡く発光して、表面に文字が浮き出てきた。

「これでこのカードはあなた方専用の物になりました。冒険者ギルドがある街でなら、身分がある程度保証されます。以上でカードの発行手続きは完了ですが、何か質問はありますか？」

「いえ、ありません」

「では最後に、ギルドでは無償《むしょう》でステータスやスキルの確認をしていますが、受けていかれますか？」

リアナさんは水晶玉《すいしょうだま》のような物を取り出した。しかし、俺は『鑑定』で自分のステータスを確認できるから、今さら必要ない。

「いえ、結構です」

「そうですか……。冒険者ギルド以外でステータスを確認できる場所は限られていますけれど、本当によろしいのですか」

再度首を横に振ると、何故かリアナさんはあからさまに気落ちしている様子だ。

そんなに俺のステータスを見たいのだろうか？

「……そうですか。では、これで手続きは全て終了です。ありがとうございました。またのご利用お待ちしております」

「はい、こちらこそありがとうございました」

「ありがとうございました」

俺とエレナは揃《そろ》ってお礼を言って、部屋を出た。

先ほど受付で揉《も》めたせいか、周囲の視線が痛い。俺は声をかけただけで何もしてないのにな……

帰りがけに依頼の掲示板を見てみた。所々抜けて少なくなっているのは、すでに受注済みのものか。朝来ないと良い依頼は取られちゃうかもしれないな。

ダンジョンのことも聞きたいが、また受付に並べる雰囲気ではない。明日改めて来てみよう。

俺達はそのまま買い出しをするためにギルドを出た。

＊＊＊

いたって簡素な部屋の中央に置かれた執務机《しつむづくえ》に、一人の男が腕組みしながら座っていた。

冒険者ギルドのマスター、クリフォードだ。

「それでカスミちゃん、さっきの騒ぎはどういうことかな？」

彼の正面《しょうめん》で直立するカスミが、緊張の面持《おもも》ちで目を伏せる。

「申し訳ありませんでした、マスター」

「謝罪をお願いしているんじゃないんだよ？　僕の言っている意味はわかっているのかな？」

「はい、すみません。あの男の在《あ》りようがあまりにも異様だったもので、身の危険を感じてしまいました」

「異様だった？　どのように？」

「私が受付でエレナちゃんを見つけた時、彼女は一人でギルドに来たとばかり思っていました。基本的にエレナちゃんはソロですし、依頼を受注してから一ヶ月も音沙汰《おとさた》がなかったので、最初はあまりの嬉しさにあの男を見逃しただけかもしれません。ですがその後、エレナちゃんの話を聞いていく中であの男を紹介されたのですが、それでも私はあの男を確認できませんでした。エレナちゃんが手で私の視線を誘導しながら紹介してくれているにもかかわらず、です。ところが、いつの間にかあの男は私の目の前にいました。エレナちゃんの話だと、初めからずっとそこにいたんです。私があの男を認識できていなかっただけで……」

カスミは寒気《さむけ》を感じたかのように、自《みずか》らの肩を抱く。

「でも、私が一番驚愕したのは、目の前に現れた男が〝ごく普通の男〟だったことです。私が目の前で語りかけられるまで存在を認識できず、しかも、エレナちゃんの話だとグレーターベアを単独で討伐できるほどの男が、私には一般人にしか見えなかったんです。それがあまりに異様で、理解できず、私は恐怖のあまり声を荒《あら》らげてしまいました」

「ふむ、それは異様だね。その話が本当で、これがもし戦場だったら、僕らは何をされたかもわからないまま、ケンゴさんに殺されるかもしれなかったのだから」

「はい、あの男は危険です。何か手を打たないと大変なことになる気がします。それに、マスターはエレナちゃんのあの力を見ましたか？」

「うん。まるで伝説に出てくる炎髪《えんぱつ》の女神様みたいだったね？」

「はい、私も見惚《みと》れてしまいました。ですが、一ヵ月前のエレナちゃんはそのような力の片鱗《へんりん》すらありませんでした。足にも怪しい紋様《もんよう》がありましたし……なんらかの形であの男が関わっていると見るべきです」

「けど、現状では情報が少なすぎるね。彼はこっちが水晶越《ご》しにデータを収集しているのを知っていたのかな？　ステータスの確認も頑なに拒否《きょひ》したみたいだし……一応、〝暗部〟の方に尾行を頼んであるけど、新しい情報が出てくるまで手の出しようがないね」

「ですが、エレナちゃんが心配です」

「動いたら駄目だよ？」

「はい……」

「今度ギルドに来たら、グレーターベアの件も含めて色々聞いてみようと思うから我慢してね？」

「わかりました……」

カスミはそう返事をすると険《けわ》しい顔のまま頭を下げ、退室していった。

＊＊＊

冒険者ギルドを出た俺達は、買い出しよりも先に守衛所に向かった。冒険者証を作成したので、街に入る本手続きをするためだ。

これを忘れて奴隷にでもされてしまったらたまらないからな。憂いは早急に処理しておこう。

「ん？　なんだお前達か、何か用か？」

「はい、冒険者証が用意できたので、本手続きをしにきました」

「なんだと？　もうできたのか？　ちょっと見せてみろ」

守衛は少しばかり驚いた様子で、カードを確認する。

「本物のようだな、いったいどうやったんだ？　今まで俺が見てきた中で、お前らが最速だ。普通、冒険者証は発行に最低一日はかかるから、本手続きに三日の猶予《ゆうよ》があるんだぞ？」

一日もかかるものなのか？　リアナさんは十五秒で持ってきたぞ？

だとしたら、最速は俺達じゃなくてリアナさんだ。優秀すぎだろ。

「なんにせよ、約束通り持ってきたんだ、本手続きをしてやろう。……ようこそ、アルカライムへ。お前らを歓迎《かんげい》する」

守衛は何やら書類に書き込んでから、俺達のカードを返した。

良かった、これで当面の問題はなくなったな――と、安心したのも束《つか》の間《ま》。

「あぁ、それと……最近、この街で行方不明になる奴が多い。情報も少ないから、何かわかったら小さなことでも教えてくれ。お前らも気をつけろよ」

守衛の余計な忠告《ちゅうこく》で、俺の楽しい気分は霧散《むさん》してしまった。

アルカライムの繁華街《はんかがい》は人と物で溢れていた。

大通りに沿ってたくさんの商店や屋台が軒《のき》を連《つら》ね、店先には商品を物色《ぶっしょく》する客が列をなしている。

「やれやれ……これは買い出しだけでも苦労しそうだな」

俺は辺りを見回しながら軽い溜め息をついた。

早速、俺とエレナは二手《ふたて》に分かれて買い出しを始める。

エレナに服の買い出しを頼み、俺は食料の担当だ。俺に服のセンスを要求されても応《こた》えられないから、この配役になった。

俺は手当たり次第店を回り、種が取れそうな野菜や果物を、見つけた側から買い漁《あさ》っていく。

それらは見たこともない物が多く、ほとんど『鑑定』の説明に頼りきりだ。

残念ながら、植物の苗《なえ》などは一つも手に入らなかった。どうもそれらを手に入れようと思ったら専門に扱っている村まで行かなければならないらしい。

それから、保存食として硬いパンや干し肉、包丁や鍋などの調理器具も買った。これで、拠点のみんなも少しは美味《うま》い物が食べられるようになるだろう。

そんなことを考えながら視線を上げると、いつの間にか日が傾いていた。

まずい、もうこんな時間か。早く合流地点に行かないとエレナに怒られる。

俺は駆け足で待ち合わせ場所に向かった。

案の定《じょう》、合流地点には買い出しを終えたエレナが手持ち無沙汰《ぶさた》な様子で待っていた。

俺はエレナの機嫌を窺いながら、おそるおそる声をかける。

「ごめん、遅くなったな。待ったか？」

「いえ、私もさっき来たところです」

あれ？　怒っていないな……。まさか、これが『神の幸運』スキルの効果か？　なかなか凄いじゃないか。

普段仕事をしない『神の幸運』スキルを労《ねぎら》いつつ、最後の目的地である奴隷商の所に連れて行ってもらおうとしたところ、エレナの方から話を切り出してきた。

「あの、ケンゴ様、大変厚かましいお願いなのですが、実は一箇所行きたい場所があります。寄ってもよろしいでしょうか？」

「なんだ、行きたい場所があったのか。別に構わないけど」

うん、幸運スキルは相変わらず働いてなかったようだな。

奴隷商は明日行けば良いし、日が暮れる前にエレナの用事を済ませよう。

それにしても、なんでもっと早く言わなかったんだ？　もう暗くなるぞ？

俺は遅くなった原因が自分にあることを棚《たな》に上《あ》げて、エレナの後を追った。

家路《いえじ》を急ぐ人波をかき分けて歩くこと数分。着いたのは小さな武器店だった。

店構えはこぢんまりとしているが、品揃《しなぞろ》えは豊富らしく、店内の壁一面に様々な武器がディスプレイされているのが見える。

そうか、ついにエレナも土ショートソードを卒業したくなったのか……。ごめんな、今まで土を持たせて……

俺は感傷《かんしょう》に浸りながら彼女に続いて店に入った。

改めて、店内に飾《かざ》られている武器を見回す。

剣、槍、斧……様々な種類の武器が、大きいものから小さいものまで並んでいる。中には、俺の身長ほどもある大きな斧まである。こんなの誰が振り回せるのだろうか？

俺が感心しながら武器を鑑賞《かんしょう》している傍《かたわ》らで、エレナはカウンターの横をすり抜けて、勝手に奥に入ろうとしていた。

おいおい、いくら人がいなくても、居住部分に入るのはまずいだろ。

そんな俺の懸念《けねん》をよそに、エレナは奥にいる誰かに話しかける。

「こんばんは、ヘレンさん、今お忙しいですか？」

ヘレンさん？　誰だろう。こちらからは全然見えない。

すると、カウンターの奥から小柄な女の人が出てきた。

「あぁ？　今日はもう店じまいだよ！　うちの武器が欲しけりゃ、また店が開いている時に出直して……って、エレナちゃん!?　エレナちゃんなのかい!?」

ヘレンと呼ばれた女性はエレナに気づくと、血相を変えて突進してきた。

なんだろう、さっきも似たような場面に出くわした気がする。この町の挨拶《あいさつ》は、まず体当たりから始めるのだろうか？

「あぁ！　エレナちゃん、無事で良かった‼　しかし、なんで連絡の一つも寄越《よこ》さなかったんだい？　私達がどれだけ心配したことか……。もう一ヵ月も音沙汰がなかったし、ギルドに言っても一向に捜索《そうさく》しようとしないから、旦那《だんな》と一緒に捜《さが》しに行く話をしていたところだったんだよ‼　だけど本当に無事で良かった……」

涙ぐむヘレンさんに、エレナは深々と頭を下げる。

「ヘレンさん……本当にご心配をおかけしました。手紙を送ろうと思ったのですが、なかなか難しくて……」

「いいのよ、そんなこと！　エレナちゃんが無事に帰ってきてくれたんだ、それだけで十分さ‼　そうだ、あんた！　あんた‼　エレナちゃんが帰ってきたよ‼」

ヘレンさんが呼びかけると、カウンターの奥でガラガラと何か崩れ落ち、同時に誰かがこちらに向かってくる足音が聞こえた。

「どこだ!?　エレナちゃんはどこにいる!?」

奥から二メートルを超える大男が現れたかと思うと、彼はエレナを見つけるなりもの凄い勢いで突進し、ヘレンさんごと彼女を抱き上げてしまった。

その突進式挨拶に戦々恐々《せんせんきょうきょう》としている俺を横目に、大男が声を上げて泣き出した。

「ぐぅう、エレナちゃん、無事でよがった‼ 本当によがった‼ てっきり、俺はもう駄目かと思って……」

「あんた‼ 縁起《えんぎ》でもないことを言うんじゃないよ‼」

ヘレンさんがバシッと大男の腕を叩く。うん、いい音が鳴《な》った。

「うぐっ、すまねぇ、ヘレン。だが、本当によがった」

「あの……アドロフさん……苦しいです……」

そんな二人に挟まれる格好のエレナが、困惑気味《こんわくぎみ》に身もだえする。

「おっと、悪い悪い。エレナちゃんが戻ってきたのが嬉しくてな……」

大男――アドロフさんという名前らしい――は、ようやくエレナを解放したが、あんな突進を食らったんじゃ、彼女はしばらく体が痺れて動けないだろうな。

そんなエレナを労《いたわ》りながら、ヘレンさんが当然の疑問を口にする。

「それでエレナちゃん、今までどこで何をしていたんだい？」

「実は、森の探索をしていた時にグレーターベアに襲われて……」

「「グレーターベアだって⁉」」

「はい。それで怪我をしてしまい、危ないところをある方に助けていただきました。しばらくその人のもとで療養していたので、ヘレンさん達に連絡ができませんでした」

「そうかい……。それで、怪我はもう大丈夫なのかい？」

「はい。その方に、傷痕《きずあと》も残らないくらい綺麗に治《なお》していただきました」

「なら、その人はエレナちゃんの命の恩人だ！　何かお礼をしなきゃいけないね！　それで、その恩人さんはどこにいるんだい？」

アドロフ夫妻はキョロキョロと店内を見回す。

「はい、今こちらに一緒に来ていただいています」

「「？」」

エレナがこちらを指差したが、二人とも小首を傾げていて、どうやら俺を見つけられないようだ。朝の失態を繰り返さないため、俺はあえて少し離れてから二人に声をかけた。

「初めまして、ケンゴと言います。怪我の療養のためとはいえ、長くエレナさんを引き留めてご心配をおかけしたこと、誠に申し訳ありませんでした」

急に話しかけたのがまずかったのか、夫妻はビクリと肩を震わせ、目を見開いている。

大丈夫かな？

「――――!?　ちょっと、驚かすんじゃないよ！　あんた、いったいどこに隠れていたんだい!?　ビックリするじゃないのさ。……で、あんたがエレナちゃんを助けて、怪我まで治してくれたんだね？　そんな恩人に、連絡の一つや二つで文句なんか言わないよ。あぁ、今日は本当にめでたい！　腕によりをかけてご馳走を作るから、食べていかないかい⁉」

「おぉ‼　なら、俺はとっておきの酒を出すぞ‼　兄ちゃん、呑《の》めるよな？」

一瞬警戒していたものの、夫妻はすぐに顔を綻《ほころ》ばせ、俺を店の奥へと招《まね》き入れた。

「はい。ですが、私も参加してよろしいのですか？」

「あぁ！　かまわねぇ！　あんたにはお礼をしなくちゃなんねぇからな‼　朝まで呑むぞ！」

「では、ご相伴《しょうばん》に与ります」

ヘレンさんが振る舞ってくれた温かい家庭料理の数々は、今まで森でサバイバル生活を送ってきた俺にとっては何よりのご馳走だった。

それに、久々に口にするお酒は五臓六腑《ごぞうろっぷ》に染み渡り、とても美味だ。

食事をしながら夫妻と話していくうちに、エレナとの関係もわかった。

どうやら二人とも以前は冒険者をしていたらしく、エレナの父親のカシムとパーティを組んでいたようだ。

カシムの死《し》に際《ぎわ》に立ち会って、彼の魔石を持ち帰ったのもアドロフさんだった。

二人ともエレナのことは生まれた頃から知っていて、実の娘のように可愛がっていたらしい。そんな関係もあって、夫妻は父親を失ったエレナを引き取り、成人するまで一緒に暮らしていたそうだ。

成人したエレナは、父の背中を追って冒険者を志《こころざ》し、この家を出たのだが、何かと理由を付けて、かなりの頻度《ひんど》で帰ってきていたみたいだ。

「エレナにとっての実家は、ここなんだろうな……」

俺がしみじみ呟いたその一言が引き金になり、急にアドロフ夫妻が大声で泣き出した。

「うう……その通りだよ、本当に、無事に帰ってきて良かった……!!」

エレナはとても愛されているようだ。これはカシムに教えてやらないとな……

その後も俺達はエレナの帰還を祝う夫妻と遅くまで語らい、酒を酌み交わしたのだった。

＊＊＊

目が覚めると、目の前にテーブルがあった。

そうか、昨日久しぶりに飲んだお酒に酔い潰れて、そのまま寝てしまったのか。

俺は二日酔いのせいで痛む頭を片手で押さえながら、周囲を見回す。

女性二人の姿が見えない。

どうやらヘレンさんとエレナはどこか別の場所で寝たようだな。

アドロフさんは……床で寝ている。もの凄いいびきだ。というか、俺はこの音に起こされた。

窓から見える空は白《しら》んでいて、夜明けが近いことがわかる。今から寝直すのもなんだし、みんなが起きるまで、少し片付けでもするかな……

俺は椅子《いす》から立ち上がり、アドロフさんを部屋の隅に引きずっていくことから始める。しばらくテーブルの上に残った食器や酒瓶《さかびん》を整理していると、ヘレンさんとエレナが起きてきた。

「あんた‼ こんなところでいつまで寝てんだい‼ さっさと起きな‼」

ヘレンさんは床で寝っ転がっているアドロフさんを見つけ、思いきり蹴飛《けと》ばした。

だが、肝心《かんじん》のアドロフさんは微動《びどう》だにしない。おいおい、永眠《えいみん》してるんじゃないだろうな？

エレナも見慣れた光景とばかりに、気にせず朝食の準備に取りかかっている。

これがアドロフ家の日常なのか？ 恐ろしすぎる。

いつかエレナが結婚する時がきたら、旦那さんには酒を飲んでも絶対に床では寝るなと忠告しよう。

俺はそう心に決め、静かに朝食ができるのを待った。

また遊びに来ると約束してアドロフ夫妻の家を後にした俺達は、冒険者ギルドに立ち寄った。

とりあえず、奴隷商の所に行くことは決まっているが、その前に昨日は穴だらけだった掲示板の内容確認と、ダンジョンの情報を仕入れておくためだ。

まだ朝も早いというのに、ギルドの中は昨日以上の喧騒《けんそう》で満たされていた。

見ると、掲示板の前にもの凄い数の人が群《むら》がっている。

昨日の二倍以上いそうだ。

あの中に入って依頼票を取ってこなきゃならないのか……うん、無理だな。

俺は早々に依頼選びを諦めて、受付でダンジョンの情報を仕入れることにした。

受付には何人かの見目麗《みめうるわ》しい女性が座っていて、冒険者達の対応に当たっている。ギルドはよくこんなに綺麗どころを集められたものだな。

感心しながらある人物を捜して周囲を見回す。

よし、カスミちゃんはいないようだな、良かっ——

「エレナちゃん‼」

俺が安心しかけたところで、今日もエレナが〝カスミダイブ〟を受けて吹っ飛んでいった……。

俺はカスミちゃんがこっちに飛んでこないことと、エレナの冥福を祈りながら、そのまま受付に並んだ。

俺が選んだのはもちろんリアナさんのカウンターだ。この人なら間違いないだろう。

「おはようございます、ケンゴ様。本日のご用件はなんですか？」

「今日はダンジョンについて知りたくて来ました」

「ダンジョンですか？　この街の周辺のダンジョンのことでよろしいですか？」

「はい、どのようなものがあるのか、教えてください」

「わかりました。この街にはE、B、A級のダンジョンがあり、スタンピード――つまり、魔物の暴走《ぼうそう》が起きないように、冒険者が定期的に各ダンジョンを攻略しています。ダンジョンの最深部《さいしんぶ》にはダンジョンコアという核《かく》がありますが、余程のことがない限り、破壊《はかい》は禁止されているのでご注意ください。ダンジョンから取れる魔石や素材、宝物などは街の産業や生活に活用されており、コアが破壊されるとこれらが全て取れなくなるからです。なお、各ダンジョンの詳細情報は、そこの本棚にある本に記載《きさい》されています。攻略にチャレンジする際は必ず確認しておいてください。また、E、B級はすでに最深部まで攻略されていますが、A級は未踏破《みとうは》で、危険度が高いので、攻略はお勧めいたしません。登録したてのF級のケンゴ様でしたら、E級からお試ししてはいかがでしょうか？」

　リアナさんは長々とした説明を淀みなく言い切った。

　うん、わかりやすい。相変わらず優秀だな。次回もまたお願いしよう。

「ありがとうございます。少し情報を確認して考えます」

「あっ、それとギルドマスターからケンゴ様が来たら、話を聞きたいから呼ぶようにと言われているのですが、お時間を少しいただけませんか？」

ん、なんだ？　俺、何かしたっけ？　考えても何も浮かばない。

とりあえず頷いて、肯定の意思表示をする。

「ありがとうございます。では、ギルドマスターに話を通してきますので、少々お待ちください」

そう言ってリアナさんは、階段を上《のぼ》っていった。

待っている間、振り返ってエレナを捜したところ、いまだカスミちゃんを引き剥がせずに格闘していた。流石に可哀想なので手を貸そうと移動しようとしたら――

「お待たせしました」

――リアナさんが戻ってきた。

お待たせって、だから全然待っていないし。さっき二階に上がっていかなかったか？

俺が振り返った瞬間全力で走ったのだろうか？　それにしても早すぎる。

俺はリアナさんの早さに驚愕しながらも、促されるまま彼女の後についていった。

通されたのは、机以外ほとんど何もない、殺風景《さっぷうけい》な部屋だった。

その机に座るクリフォードさんが、親しげな笑みを浮かべて話しかけてきた。

「おはよう、ケンゴさん。急に呼び出してすまないね」

「いいえ、こちらも特に急ぎの用事はありませんでしたから。それで、何かご用ですか？」

「まずは昨日のグレーターベアの話について、詳しく聞かせてくれるかな？　森の外周部に出たというなら、一大事だからね」

何がそんなに一大事なのだろうか？　確かに、一人でいる時に遭遇したら絶望するしかないほどの魔物だが、かなり大きいから、遠目でも簡単に確認できる。

俺みたいに不用意に近づかなければ、問題ないはずだ。

「聞かせるも何も、森の外周部でエレナさんが熊に襲われていたところを助けただけですよ？」

「簡単に言うね。詳しい場所はわからないかな？　それと、何かグレーターベアが出た証拠はあるかな？」

「この街から東に三日ほど歩いたあたりに村があると思います。そこからさらに東に一日行くと、熊が使っていた巣穴がありますよ。それと、証拠はこれでいいですか？」

俺は収納袋から熊の毛皮を取り出して、広げてみせる。

するとクリフォードさんは目を見開き、まじまじとこちらを見た。

そんなにこの毛皮が欲しいのだろうか？　角ミサイルで倒したから穴空《あ》いてるぞ、これ。

しかし、彼が興味を示したのは、毛皮ではなかったらしい。

「それはアイテムボックスなのかい？」

「いえ、違いますよ。他の方からも聞かれましたが、これは私が作った、見た目より・・・・・・・・・・ちょっと多く物が入る、ただの収納袋ですよ」

どういうわけか、クリフォードさんはさらに眉間《みけん》に皺《しわ》を寄せてこちらを睨んできた。なんなのだろうか？　怖いからやめてほしい。

「……それが本当なら、グレーターベアより大事件だよ。君はその収納袋の価値をちゃんと理解しているのかい？　アイテムボックスというスキルは、召喚された勇者しか持ち合わせていないスキルとして知られている。だが、誰もそれを再現しようとしなかったと思うかい？　当然、過去の研究者達はあらゆる方法で試みたさ。しかし、叶わなかった」

クリフォードさんは苦笑《くしょう》しながら肩を竦《すく》める。

「現在、勇者のアイテムボックスを復元したり類似品《るいじひん》を作ったりするのは不可能だということは、この世界の常識だ。君はその常識を覆《くつがえ》す物を持っているんだ。しかも、自分で作った？　にわかには信じられないね」

「別に信じてもらわなくても結構ですよ。それに、いろいろ教えていただき、ありがとうございます。これからは人前で多用しないようにします」

「多用しなくても、そんな物を使えばその存在が世間に知れるのは、時間の問題だと思うけどね？　伝説の『時空間魔法』が使われているのは、誰の目にも一目瞭然《いちもくりょうぜん》だ。当然、どんな手を使っても手に入れたいと思う輩《やから》も多いだろうね」

「ご忠告ありがとうございます」

「僕が誰かに話すとは考えないのかい？」

そう言って、クリフォードさんは少し挑戦的な目で俺を見た。

「考えませんね。メリットが少ないですし」

「へー、なんでそんな考えに行き着いたか、教えてほしいものだね」

「お断りします」

なんとなく、この人にはあまり多くを話さない方がいい気がする。信用できないわけではないが、底が知れない怖さがある。

「それは残念だね。じゃあ、このグレーターベアの毛皮がなんで穴だらけなのかも、教えてはくれないのかい？」

「はい、お断りします」

これは俺がびびって角ミサイルを乱射してしまった黒歴史だ。この秘密は墓まで持って行く予定なので、誰にも教えるつもりはない。

「そうかー。なら最後に一つだけ。僕はこの街が大好きだ。この街に害を為《な》す輩は何人《なんぴと》たりとも許すつもりはないからね？」

「覚えておきます」

俺はそう言うと、頭を下げてギルドマスターの部屋を出た。

流石にもうカスミちゃんはエレナから離れているだろうと期待し、受付の前にエレナを迎えに行ったところ……俺の期待は見事に裏切られた。

受付カウンターの前には人だかりができている。

今度は何事だろうか？

「なんでわかってくれないの⁉　あの男は危険なの‼　あの男の側《そば》にいると、いつかエレナちゃんが大変なことになるよ‼　もう二度とあの男と関わらないと約束して‼」

「あなたも何度言えば理解するのですか？　ケンゴ様以上の存在など、この世界にはいないんですよ？　それを危険などとふざけたことを……。もしもケンゴ様に聞かれでもしたら、どうするつもりですか？　殺しますよ？」

あぁ怖い。いつも通り、エレナのセリフは俺には恐ろしく聞こえる。本当はもっとオブラートに包んで話していると信じたい。

俺は人だかりに近づきながら、何食わぬ顔で声をかける。

「はいはい、なんか言い争《あらそ》ってるみたいだけど、エレナもその辺でやめて。次に行くよ？」

俺に気づいたエレナとカスミちゃんが身を強張《こわば》らせる。

「ケ、ケンゴ様……まさか今の話を聞いていましたか？」

「いや、今来たところだから。なんの話をしていたんだ？」

触らぬ神に祟《たた》りなしである。

「いえ、他愛《たあい》のない会話をしていただけです。気になさらないでください」

「そう？　じゃ、次に行こうか」

俺はそのまま集まっていた人をかき分け、エレナを連れてギルドの入り口に向かう。

だが、行く手を阻《はば》むように、カスミちゃんが目の前に飛び出してきた。

「エレナちゃんから今すぐ離れて‼」

「カスミ‼　あなたは本当に……」

俺はカスミちゃんには一回声をかけただけなのに、もの凄い嫌われようだ。

何が気に食わないのだろうか？

「エレナは少し下がっていて。それでカスミちゃん、藪《やぶ》から棒《ぼう》にエレナから離れろとは、どういう意味かな？」

「あなたが危険だからです。このままだと、エレナちゃんが不幸になることはわかりきっています‼」

「根拠《こんきょ》はあるのかな？　俺はエレナを不幸にするつもりはこれっぽっちもないよ？」

「――ッ！　私の勘《かん》です‼　あなたは何か隠しています‼　そんな怪しい人の側にエレナ
ちゃんを置いてはおけません‼」

「話にならないね。カスミちゃんは俺に難癖《なんくせ》をつけている上に、エレナの気持ちを蔑ろにして、ただ自分の主張を押し通そうとしているよね？　なんでそんな人の話を聞かなければいけないのかな？」

カスミちゃんの態度があまりに頑なので、少し強めの口調で言い聞かせてみたが……

「……あなたは絶対に危険なんです……」

「そうだね、危険かもしれないし、危険じゃないかもしれない。エレナ、俺は危険か？」

「いえ、危険ではありません」

首を横に振るエレナを見て、カスミちゃんは悔しそうに唇《くちびる》を噛《か》む。

「ほらね？　人によって感じ方は違う。話を通したいのであれば、俺達が納得するだけの理由を用意してほしいな」

「お前がエレナちゃんに何かしたんだ!!　優しかったエレナちゃんが、私にこんな冷たくするはずがない!!」

「それも根拠のない言いがかりだよ」

「ッ!!　もういい!!　いつか絶対にエレナちゃんをお前から取り戻してやるからっ!!」

そう言うと、カスミちゃんは涙を流しながら走り去っていった。

「そもそもエレナは君のものじゃない気がするけど……また会えるのを楽しみにしているよ」

ちょっとキツく言いすぎたかな……

カスミちゃんがエレナのためを思って行動しているのはわかるんだが、どうも極端《きょくたん》すぎる。もう少し人の話を聞くと、エレナとの関係も改善すると思うんだけどな。

まぁ、あの様子だとまたいずれ現れるだろう。次回はなんで俺を警戒しているのか、話を聞いてみよう。

そんなことを考えながら、俺達はギルドを後にした。

奴隷《どれい》購入

ギルドで一問着《ひともんちゃく》あったが、予定通り俺達は奴隷を扱うという店に来ていた。

見たところ、周囲の他の建物と変わらない、いたって〝普通のお店〟といった佇《たたず》まいだ。

奴隷商に対して俺が抱いていたイメージとはかなり違う。

エレナの話では、この世界の奴隷商は法律で認められた普通の商売で、後《うし》ろ暗《ぐら》いことは何もないらしい。

話だけではどんなものかわからないので、とりあえず中に入って確認してみよう。

入り口をくぐって廊下《ろうか》を進んだ先は小さなホールで、奥が一段高く、ステージみたいになっていた。客席に当たる部分には商談用のテーブルがあるだけで、内装は簡素な作りだ。

辺りを見回していると、奥から小綺麗《こぎれい》な身なりの男が出てきた。

「いらっしゃいませ、お客様。私はこの店の店主を務めております。本日のご要望をお伺《うかが》いしてもよろしいでしょうか？」

「奴隷の購入に来ました」

「かしこまりました。どのような奴隷をご希望ですか？」

「街作りに必要なスキルを持った人材を探しています」

「承知《しょうち》いたしました。見繕って参りますので、こちらで少々お待ちください」

店主はそう言って、奥の部屋に消えた。

とりあえず椅子に腰掛け、どんな人材が来るのか期待しながら待っていると、ステージの袖《そで》から七人の奴隷が順番に出てきた。

中には尻尾《しっぽ》が生《は》えた人もいる。あれが獣人《じゅうじん》だろうか？　気になる。

「お待たせしました。端から『建築』『土木』『鍛冶』『錬金』『服飾《ふくしょく》』『農耕』『石工』のスキル、技術を持つ人間です。金額は金貨五～十二枚、全て〝借金奴隷〟になります。どうぞ、ごゆっくりご覧ください」

うん、できれば全員購入したい。

だが俺の全財産は山賊から押収《おうしゅう》した金貨十二枚と、銀貨と銅貨が少々。昨日の買い物で金貨を三枚消費して、今は残り九枚しかない。

金貨三枚あれば一家族が一ヵ月十分暮らしていけるらしいから、かなりの額を使った。

まぁ、必要経費だから仕方ないか。

予算を考えて、今回は一人だけで我慢しよう。

俺は端から順に『鑑定』をかけて、じっくり選んだ。

その結果、『建築』のスキルを持つ男性を購入することに決め、店主にその旨《むね》を告《つ》げた。

「この人族の男性でよろしいですか？」

「はい、お願いします」

「この男性の購入金額は金貨六枚です。借金奴隷ですので、現在の最低賃金から計算すると、一年ほどの労働となりますが、よろしいですか？」

「一年ほどの労働？　すみません、実は奴隷を購入するのは初めてでして……。申し訳ありませんが、奴隷について、少し教えていただけませんか？」

店主は大げさに頭を下げて、説明を始める。

「これは配慮が足りず、申し訳ありませんでした。まず奴隷には二つの種類があります。借金奴隷と犯罪奴隷です。それぞれ名前の通り、借金を払えず奴隷になった者、罪を犯《おか》して奴隷になった者を指します。両者の違いは、解放されるまでの期間がお金で決まるか、刑期《けいき》で決まるか、という点だけです」

俺は黙って頷いて、続きを促す。

「借金奴隷は、法で定められた一日の最低賃金で、購入者に雇われている状態とみなされます。その労働賃金が購入金額の倍額《ばいがく》に到達すれば、解放されるのですが、実際に奴隷と金銭のやり取りをするケースは稀です。購入金額から逆算して労働期間を決めるのが通例になっています。一方、犯罪奴隷は、犯した罪の重さで奴隷になる期間――つまり、刑期が決まります。その期間を満了することで、解放されるのです。基本的には犯罪奴隷の方が奴隷期間は長くなります。どちらの奴隷であっても、購入後は衣食住の保障と税金の支払い義務が生じますから、お忘れなきようお願いいたします。以上ですが、何か質問はありますか?」

「いえ、大丈夫です。ありがとうございました」

「では改めてお尋ねいたします。この男性の購入金額は金貨六枚です。借金奴隷ですので現在の最低賃金から計算して一年ほどの労働となりますが、購入されますか?」

「はい、購入します」

「ありがとうございます。それでは、契約を結《むす》びますので、こちらをご覧ください」

促されるまま視線を移動させると、既にテーブルには契約書が用意されていた。

「それでは、この契約書を読んでいただき、問題がなければ署名《しょめい》をお願いいたします。主に奴隷の権利や保障内容、税金について書かれています。また、奴隷紋《どれいもん》を刻む際に血を一滴頂戴《ちょうだい》しますので、よろしくお願いいたします」

ざっと契約書に目を通したが、内容におかしなところはなく、無難《ぶなん》なことが書かれていた。

俺は契約書に署名し、血を用意するためのナイフを取り出した。

「男の背中に奴隷紋があります。そちらに血を一滴垂らしてください。その後、奴隷紋と

〝パス〟が繋がりましたら、奴隷契約は終了です」

パスとはなんだろうか？

意味はわからなかったが、俺はとりあえず言われた通り、奴隷紋に血を垂らす。

すると、ホークの雛達《ひなたち》と従属契約をした時に感じた〝繋がり〟のようなものを感じた。

これがそのパスか。

「パスは確認できましたか？　それでは、これで奴隷契約は終了です。ご購入、ありがとうございました。またのご利用をお待ちしております」

そう言って、店主は深く頭を下げた。

もう帰っていいのかな？

俺はエレナと『建築』スキルの男を伴《ともな》って出口に向かった。

しかし、店を出る瞬間、何故か後ろ髪を引かれるような……妙な感じがした。

これはいったいなんだ？

気になって後ろを振り返るが、未だに頭を下げている店主がいるだけだ。

気のせいだろうか？　最後にぐるりと見回したところ、廊下の先にある一つの扉が目に入った。

どういうわけか、あの扉がやけにひっかかる。

じっと扉を見ていると、店主が声をかけてきた。

「お客様は直感系のスキルをお持ちですか？」

「いえ、持っていませんが……どういうことですか？」

「それは失礼いたしました。たまに勘が良い方が同じ反応をするので、確認したかっただけです」

「そうですか。それで、あの扉の部屋には何かあるんですか？」

「特に隠しているわけではないですが、あの向こうには〝訳あり〟の奴隷が収容《しゅうよう》されています」

訳ありねえ……

「少し見せていただくことはできませんか？」

「かまいませんよ。よろしければ、購入もご検討ください」

店主はすんなり認めて俺を扉の前に案内した。

店主が扉を開いた瞬間、ツンと鼻を刺すような刺激臭《しげきしゅう》が漂《ただよ》ってくる。汗や汚物《おぶつ》が混じったような、なんとも不快な臭いで、堪《たま》らず眉間に皺が寄ってしまう。

俺はエレナと『建築』スキルの男に店の外で待っているように指示し、部屋の中に足を踏み入れる。

部屋の中には二つの檻《おり》があり、手前の方には十五～十六歳ぐらいの獣人と思《おぼ》しき男女が六人、収容されていた。

この子達は全員、手や足、目など、どこかしら体の一部が欠損《けっそん》していた。

さらに、奥の檻には二人の女性……らしきものが収容されている。だが、この二人は手前の檻の子達よりもはるかに状況が酷い。

四肢《しし》は切り落とされ、目は潰され、耳が削《そ》ぎ落《お》とされていた。しかも、誰も世話をしていないのか、汚物にまみれ、傷口は化膿《かのう》し、皮膚が爛《ただ》れている。あまりにもむごたらしくて、俺は思わず目を背《そむ》けてしまった。

そんな俺を見て、店主がぽつりと呟いた。

「この二人は、呪われているんですよ」

呪い？　まさか、そんなもの迷信《めいしん》だろ。それとも、この世界には本当にあるのか？

「どういうことですか？」

「この金髪の娘の方は、触れた相手のスキルを消してしまいます。完全になくなるので、以後使用することはできません。さらに、そこの水色の髪の娘は死を運んできます。この娘に〝死ぬ〟と言われた者は、遠からず全員死んでいます。例外はありません。一応、動いたり声を出したりできないように〝処置〟していますが、危険なので不用意に近づかないでください」

店主は淡々《たんたん》と理由を説明した。

呪いか……

『鑑定』で確かめてみたが、特に変わったところはない。

……いや、強《し》いて言うなら、金髪の子のスキルが多いのが異常か？　やたら種類が多いとはいえ、それが呪いに関連するとは思えない。

俺は原因を究明《きゅうめい》すべく、店主に背を向けてこっそりスキルブックを開き、『鑑定』をＬＶ１０まで取得する。

最近拠点のみんなの収穫で日に５００ポイント以上溜まるから、ポイント消費をあまり気にしなくなった。

再度二人に『鑑定』をかけると、先ほどはステータスに記載されていなかった、新たな項目が表示されていた。

ユニークスキルか……。俺以外では初めて保持者を見たな。

金髪の子には『スキル強奪《ごうだつ》』、水色の髪の子は『予知』のユニークスキルが、それぞれ記載されていた。

俺のスキルブックは神様から貰ったものだけど、この子達も神様に関係があるのかな？

俺はＬＶ１０になった『鑑定』で、彼女達のユニークスキルをさらに詳しく見ていく。


『スキル強奪』
・触れた対象のスキルを任意で強制的に奪うことができる。

・対象のレベルが自分よりも著しく高い場合は奪えない。
・熟練度《じゅくれんど》が低い場合、触れた相手に対してランダムで『スキル強奪』が発動する。

『予知』
・認識した任意の相手の未来が見える。
・対象のレベルが自分よりも著しく高い場合は見えない。
・熟練度が低い場合、対象を任意で選べず、ランダムで選定した相手に『予知』が発動する。

なんだ、この注意書きは……

呪いだとかなんとか言われて、二人が酷い扱いを受けていたのは、これが原因か。こんなの、『鑑定』のレベルが高くないとわからないだろうに……

俺はそのまま二人が入っている檻に向かって歩いていく。

『鑑定』で出た彼女達のレベルは一桁《ひとけた》、対して、俺は既に30以上。著しくレベルが高い相手に発動しないというなら、俺はこれらのスキルの影響を受けないはずだ。

「お客様!!　近づくと危ないですよ!?」

慌てて制止する店主を振り返り、問題ない旨を伝える。

「大丈夫です。少し話をさせていただいてもいいですか？」

「……かまいませんが、何が起こっても当店は責任を負《お》いませんよ？」

「ええ、それで結構です」

俺は檻の前に立ち、二人に呼びかける。

「俺の声が聞こえますか？」

「うぁぁ」

「ううう」

二人とも喉《のど》を潰されているのか、唸《うな》り声《ごえ》を発するだけで、まともに言葉を喋れない。しかし、反応はしている。

「良かった、聞こえるようですね。これから少し質問をするので、肯定なら頷いて、否定なら首を横に振ってください」

「うぁ」

「ううう」

二人は少し首を動かして頷いてくれた。

「自分達の現状を理解していますか？」

肯定だ。

「あなた達は、何故こんなことになっているか、理解していますか？」

　これは否定だ。

「あなた達をこのような状態にした人達を恨《うら》んでいますか？」

　答えない。

「このままの状態だと、二人は近いうちに死ぬと思いますが、死にたいですか？」

　これには二人とも強い否定を返してきた。

「では最後に、生きたいですか？」

　最後の質問に、二人は涙を流しながら肯定の意思を示した。

　そうか、こんな状態になっても生きたいか……。

　俺は檻を後にして、部屋の入り口で待っている店主のもとに戻った。

「お客様、大丈夫でしたか？」

「はい、何もありませんでしたよ。少し聞きたいのですが、あの二人は呪われているので隔離《かくり》しているとして、何故一緒に残りの子達も閉じ込めているんですか？」

「あまり褒《ほ》められたことではないのですが、この奴隷達は既に〝廃棄《はいき》〟なんですよ」

「廃棄……ですか？」

「そうですね。この子らはもう売れる見込みがありません。しかし、法律で奴隷を殺すことは認められていないので、こうやって隔離し、食事を減《へ》らして衰弱《すいじゃく》させ、早く死ぬようにしているんですよ。生きているだけでコストはかかりますしね」

「そうですか……」

顔をしかめる俺を見て、店主が続ける。

「可哀想だと思いましたか？　ですが、私どもも商売で奴隷商を営んでおります。この子らはそれぞれ理由があって奴隷として売られました。しかし、その過程で商品が破損《はそん》して、売り物にならなくなってしまったのですから、廃棄するしかありません。再利用もできません。一度失った体は、二度と元には戻らないのです」

確かに、商人としては正しい姿勢なのかもしれないが、俺はこの人の考え方を好きになれそうにない。

「それで、何故この子達は体を欠損してしまったんですか？」

「実は以前、獣人の国から大規模な奴隷の輸入があったのですが、輸送の最中に魔物に襲われてしまったのです。護衛も奮戦《ふんせん》したものの、魔物の方が押していましたので、やむなく〝餌《えさ》〟を投入したんですよ。あれは、その生き残りです」

胸糞《むなくそ》悪い。奴隷の権利とやらはどこにいったのだろうか？　はっきり言おう、俺はこいつが嫌いだ。

しかし、俺は内心の怒りを押し殺して、無感情な口調で応える。

「そうですか、それは災難《さいなん》でしたね」

「ええ、本当に災難でした。仕入れた商品は減るし、呪われた欠陥品《けっかんひん》も交ざっているしで、もう二度と獣人の国には行きたくありませんね」

　この口ぶりじゃあ、あの二人の体を削いだのはこいつみたいだな。

「この子達はあとどれくらい保《も》つと思いますか？」

「手前の檻の子らは、あと数週間生きるかもしれませんが、奥の二人は保って一週間。来週には死にますね」

　こういう廃棄を今まで何度も繰り返して慣れているのか、店主は事もなげにそう言った。

「そうですか。では、この子らを全て貰います」

「はい？　今なんと仰《おっしゃ》いましたか？」

「この子らを貰うと言ったんですよ。金貨一枚出します。廃棄する予定なら、それで十分でしょう」

「正気《しょうき》ですか？」

　店主は俺を訝《いぶか》しげな目で見た。

「至って正常ですよ」

「……わかりました。ですが、ノークレームで、返品も承《うけたまわ》りません。以後、何があっても当店は責任を負いません。それでもよろしいですか？」

「構いませんよ」

「わかりました。では用意しますので、少々お待ちください」

部屋から出ていった店主を待つ間、俺は手前の檻にいる他の子にも『鑑定』をかけて調べてみた。

こちらの子達は特に変わりのない、普通の子みたいだ。

無事に買い手がついたというのに、みんな死んだように黙りこくっていて、元気がない。

どうやったら元気になるかな？　せっかく出会えたのだからできれば笑っている姿が見てみたい。

間もなく、店主が紙束《かみたば》を抱えて戻ってきた。

先ほどと同じで契約書にサインを記入し、奴隷紋に血を垂らしていくが、店主は奥の二人には絶対に近寄ろうとしなかったので、自分で衣服を脱がせてパスを繋いだ。

他の子も無事にパスを繋ぎ終え、この子達を連れ出すためにエレナと『建築』スキルの男性を呼びに行こうとしたら、店主に呼び止められた。

「本当によろしかったのですか？」

「ええ、構いませんよ」

「お客様に対して失礼かもしれませんが、理解できませんね」

「そうですか。私もあなたを理解できませんよ。もしこれからも事故で部位を欠損し廃棄する予定の奴隷が出たら、冒険者ギルド経由で連絡してください。引き取りに来ますので」

「わかりました。慈善《じぜん》活動のつもりかはわかりませんが、後になってやっぱりいらないからと捨て置《すお》いたら、犯罪になりますので、どうかご注意ください」

「そんなことはしませんよ。またお金が貯まったら、他の職人達も買いに来ます。その時はよろしくお願いしますね」

「こちらこそ、今後ともよろしくお願いいたします。またのご利用をお待ちしております」

店主は頭を下げ奥の部屋へと下がっていった。

さて、この子達を運ぶとするか。

自分で歩ける子はいいが、足がない子は抱えて運ぶ必要がある。

俺はエレナと『建築』スキルの男性を呼んで、足が欠損している子の補助を頼んだ。

他の子にも移動の指示をし、俺は動けない二人を抱えて店を出ようと思ったが……そこでふとあることを思い出した。

昨日冒険者ギルドを出た後から、ずっと『気配察知』に何かが引っかかっているのだ。

恐らくクリフォードさんの回し者だと思うが、本当にやめてほしい。

いったい俺が何をしたというのだろうか？

「エレナ、ここで少し、みんなと待っていてくれないかな？」

「かしこまりました」

みんなを残して店を先に出た俺は、そのまままっすぐ進み、建物の陰《かげ》で煙草《たばこ》をふかしている男に話しかける。

「あのー、すみません」

「ん？　なんだ、兄ちゃん、煙草が欲しいのか？」

「いえいえ、違いますよ。あなたが昨日から私達の後をつけているのはわかっています。クリフォードさんの差し金でしょうか？　少し目につくので、やめてもらえませんか」

「ッ!?　なんのことかわからねーな。兄ちゃんの勘違いじゃねーのか？」

あくまでしらばっくれる男に、揺さぶりをかける。

「そんなはずはありませんよ。あなたの後方にもう一人いますよね？　こういうのはあまり好きではないのですが、あまり酷いようだと実力行使をせざるを得なくなりますと、クリフォードさんにお伝えください」

「………………わかった、何もするな。全員撤収《てっしゅう》させる」

「ありがとうございます。今後も続くようだったらこちらにも考えがありますからね？」

「あぁ、わかった。伝えておく」

そう言うと、男は煙草を足でもみ消して、路地裏に消えていった。

これで、奴隷を運ぶのを見て余計な勘《かん》ぐりをしそうな輩はいなくなったな。

俺は奴隷商に引き返しながら、拠点で待機しているカシムに『念話』して、戻ることを伝えた。

その後エレナと一緒に奴隷を路地裏まで連れて行き、『気配察知』で人目がないことを確認した後、ロングワープで拠点に戻った。

＊＊＊

「お帰りなさいませ、ケンゴ様」

拠点に戻ると、広場にカシム達が待っていた。

周りには山賊達しかいない。どうやらゴブ一朗達は狩りにいっているようだ。

俺は抱えている子を下ろし、奴隷を購入してきたことを説明する。

「内容はわかりました。ですが、この体が欠損した奴隷をどうするのですか？　召喚すればなくなった部位も元に戻るでしょうから、殺しますか？」

「いや……いきなり殺すとか、物騒だな。今回はちょっと特殊なスキルもあって、死んだらどうなるかわからないから、召喚はやめておくよ」

カシムの過激な発言に苦笑しながら、彼の意見を退ける。

この子達は何もしていないからな。部位が治るからといって殺すのはあまりにも可哀想だ。

説明しても理解できないだろうしな。

「ではどうするのですか？　欠損部位の修復《しゅうふく》など、伝説の妙薬《みょうやく》エリクサーぐらいしか聞いたことがありませんが……」

「ちょっと待ってろ」

俺は『スキルブック』を開き、『回復魔法』をLV10まで取得する。

どれだけ治せるかわからないので、スキルポイントは惜《お》しまずレベルを上限まで上げておく。

とりあえず、一番手前にいた、腕を欠損している子に『回復魔法』をかけてみる。

すると、欠損部位から少しずつ肉が盛《も》り上がり、失われた腕が再生しはじめた。

周囲にいるみんなはその光景に驚き、目を見開いている。

感嘆《かんたん》の声が聞こえてくるが、俺はそれどころじゃなかった。

なんだよこれ、もの凄く魔力を消費するぞ。

以前、『火魔法』を乱発してぶっ倒れた時みたいに、『回復魔法』をかけている間、体からゴッソリ魔力が失われていく感じがする。

俺は急いで自分に『鑑定』をかけ、魔力の減少量を確認した。

なんと、現在の最大魔力の四分の一が一気に持っていかれている。

ゴブ一朗達のおかげでレベルはかなり上がっているのに、それでも四分の一だ。

こんなに消耗《しょうもう》するなら、部位欠損を治せる人がほとんどいないのも頷ける。予《あらかじ》め消費魔力の総量に注意しておかないと、『回復魔法』を発動した瞬間に魔力が枯渇するぞ。

俺はそのまま『回復魔法』をかけ続け、約十分で腕は完全に元の状態に戻った。

周囲のみんなは歓声を上げ、腕が戻った子は涙を流して喜んでいる。

こんなに喜んでもらえると、頑張《がんば》った甲斐《かい》があるというものだ。

しかしどうしよう、腕一本で魔力四分の一を持っていかれる。あと七人もいるし、うち二人の体は全損《ぜんそん》していると言っても過言ではない。

我が拠点には回復ポーションはあるが、魔力ポーションはない。

とりあえず、急いで街に戻って魔力ポーションを買ってくるか。

俺はカシム達に奴隷達の世話を任せて、街までロングワープした。

もちろん、世話をする際は金髪の子には直接触らないように厳命《げんめい》しておいた。下手《へた》するとスキルを取られるからな。

あちこち店を探し回り、俺は約一時間で拠点に戻った。

しかし、魔力ポーションは意外と高かった。手持ちの金貨二枚ではあまり数が買えず、恐らく、全員を治すには足りない。

とりあえず、状態が悪い二人を優先して治療《ちりょう》しよう。

そう考えながら広場に戻ったが、誰もいなくなっていた。

あれ？ どこに行ったんだろうか？

周囲を捜すと、木造住宅建設予定地に人が居るのが見えた。

どうも『建築』スキルの男と山賊が話をしているようだ。

「ここの基礎《きそ》はすごいですね！ どうやって作ったんですか？」

「基礎はケンゴ様が全部魔法でやっちまったんだよ。スゲーよな」

「魔法でですか、凄いですね」

「それより、ここの材木の結合部はどうするんだ？ ここには釘《くぎ》がねぇからな」

「釘がないなら組み手で繋げれば大丈夫ですよ。ここをですね……」

近づいていくと、二人は俺に気づいて話しかけてきた。

「あぁ、ケンゴ様、お帰りなさいませ！ この新入り、大したものですね‼ これで住宅建設もかなり進みますよ！」

「ご主人様、お帰りなさいませ！ ここの基礎は凄いですね！ できればもう少し拡張したいのですが、広げることはできませんか？」

二人ともかなりテンションが上がっているみたいだ。和気藹々とするのは良いけど、馴《な》染《じ》むのが早すぎるんじゃないか？ 俺はまだ名前も聞いていないのに……

「拡張や基礎をいじるのは問題ないぞ。要望があればどんどん言ってくれ。それと、そろそろ名前を聞いてもいいかな？」

「あぁ、これは申し訳ありませんでした。私はダッチと申します。これからよろしくお願いします」

「こちらこそ、これからよろしく頼むよ。あと、ご主人様はやめて、気楽にケンゴと呼んでくれると助かる」

「わかりました。では、これからはケンゴ様とお呼びしますね。それで、私はここで何をすれば良いのでしょうか？『建築』スキルの話をしたらここに連れてこられて、聞かれるままに色々建築について話をしていましたが、よろしかったのでしょうか？」

「ああ、それで問題ないよ。元々ここにいる住人に、建築技術を教えてもらおうと考えていたからね。ここの拠点の建築に関してはダッチに全て任せたいと思っているけど、大丈夫かな？」

「す、全てですか⁉」

いきなり大仕事を振られて尻込《しりご》みしたのか、ダッチは素《す》っ頓狂《とんきょう》な声を上げた。

「もちろん、みんなと話し合って進めてもらうつもりだが、基本的にダッチを中心にこの拠点の住宅を建設していってほしい。何か問題があるか？」

「い、いえ、問題ありません。まさか自分が中心になって建築していくとは思っていなくて、驚きました」

「そうか、何か必要な物があれば、できるだけ用意するから、遠慮なく言ってくれ」

「ありがとうございます。こんな大きな拠点の住宅を任せてもらえるなんて、夢のようです。建築家として腕の見せ所ですね、期待していてください」

「ああ、期待しているよ。じゃ、後は頼んだぞ」

「はい、お任せください！」

俺は意気込《いきご》むダッチの声を背に受け、木造建築予定地を後にした。

他の奴隷の子達を捜して拠点内を移動していたところ、『気配察知』に何人かが寄り集まったグループが引っかかった。

恐らく、これが他の奴隷達の気配だろう。

気配を頼りに向かってみると、そこはエレナの寝床だった。中では、彼女は甲斐甲斐《かいがい》しく部位欠損した子の世話を焼いている。

本当に、エレナは俺がいないと良い女になるな。

何故俺の前だとあんなに過激なのだろうか？　謎だ。

「ごめん、待たせたね。みんなの面倒を見てくれてありがとう、助かったよ。入っても大丈夫か？」

俺はエレナに声をかけて入室許可を求める。

「はい、ここは全てケンゴ様の物ですので、何も気にせずお入りください」

いや、女性の寝床に入るのだ、そういうわけにはいかない。それに、そんなところを父親のカシムに見られでもしたら殺されそうだしな。

寝床を見回すと、奴隷のみんなは少し元気が出てきたようで、期待が入り混じった目でこっちを見ている。さっき腕を治した子なんて、凝視《ぎょうし》してくるし……

とりあえず、今日全員治すのは無理なことを伝える。

「みんなに聞いてほしいことがあるんだけど、いいかな？　実は、俺の魔力の都合で、今日中に全員治すのは無理そうなんだ。それで、今日のところは状態が悪い二人を優先して治そうと思う。申し訳ないけど、みんなは明日以降順番に治していくつもりだ。我慢できるかな？」

みんなは少し残念そうな顔をするが、すぐに頷いてくれた。

うん、みんな優しい良い子だな。この子達を助けて良かった……

俺はみんなの頭を撫《な》でながら、奥に寝かせられた二人の前へと移動した。

手足がない二人は自力では動けない状態で、寝返りも打てず所々肉が腐《くさ》ってきている。

それでも、エレナが体を拭《ふ》いてあげたのか、さっきまでの酷い臭いはなくなっている。

見ているだけで痛々《いたいた》しい。早く助けてやらないとな。

早速俺は二人の前に座り、スキルブックで『魔力増大』と『魔力回復』をＬＶ１０まで取得する。

最近派手《はで》に使ったせいか、そろそろポイントがなくなってきたな。

俺は節約を意識しながらも、水色の髪の子から治療に取りかかる。

魔力ポーションを用意し、『回復魔法』をかけるが……案の定、魔力がゴッソリ持っていかれた。

あぁ、これは全魔力でも足りないかもしれないな。

俺は二本目の魔力ポーションを飲みながらさらに『回復魔法』をかけ続ける。

時間が経つにつれて、少しずつ失われた部位が復元されていく。

それから三十分くらい経っただろうか、ようやく全ての部位を治療し終えた。

これ、かなりしんどいな……

だが、俺の目の前には、狼だろうか？　犬型の獣人と思《おぼ》しき、とても綺麗で、少し大人しそうな女の子がいた。

水色の髪の子は自分の体を恐る恐る触って、確かに存在するその感触《かんしょく》を実感し、声を殺しながらその場で泣き出した。

俺は水色の髪の子をエレナに任せ、金髪の子の方に向き直る。

既に俺の腹はポーションでタップタプだったが、それでも復活した魔力で『回復魔法』をかけていく。

こちらも同じくゴッソリ魔力を持っていかれ、治療に三十分くらいかかった。

体が復元された金髪の子も、水色髪の子に負けず劣《おと》らず魅力的《みりょくてき》で、目元から活発そうな印象を受ける。おそらく、猫型の——虎《とら》か何かの獣人らしい。

金髪の女の子はまだ自分がどうなったのか理解が追いつかないようで、キョロキョロと辺りを見回している。

「よく頑張ったね」

そう言って俺が二人を撫でようとしたら、金髪の子が慌てて飛び退《との》いた。

「だ、駄目です‼　私に触れるとスキルがなくなります‼」

「スキルがなくなるんですよ？　大丈夫な訳ないじゃないですか‼」

「大丈夫だよ」

「大丈夫」

俺は金髪の子を安心させるように抱きしめて、そっと頭を撫でた。

「今まで大変だったね。とても辛いことがたくさんあったね。本当によく頑張った。偉かったね。また同じ目に遭《あ》うんじゃないかって怖いのはわかるよ。けど大丈夫。これからは俺が守るから、安心して良いよ」

「——ッ‼」

「もちろん、君もね」

そう言って、水色の髪の子も撫でた。

すると、二人とも堰《せき》を切《き》ったように大声で泣き出した。

二人ともよほど怖かったんだろうな……

俺は二人が泣き止むまでずっと頭を撫で続けた。

＊＊＊

どれくらい経っただろうか。あれから二人とも、本当に涙が涸《か》れるまで泣き続けた。

「落ち着いた？」

「はい、助けていただき、本当にありがとうございました」

「あ、ありがとうございました！」

「うん、元気になって良かったね。まだ体を修復したばかりだから、二人ともあまり無理はしないでね」

「はい！　あ、あの！　ご主人様にお聞きしたいことがあるのですが……よろしいでしょうか？」

金髪の虎獣人の子が、遠慮がちにそう切り出した。

「ん？　いいよ、なんでも聞いてよ」

「ご主人様は、神様なのでしょうか？」

んん？　神様？　いったいなんでそんな話になった？

「俺は神様ではないよ。なんでそう思ったのかな？」

「はい！　あちこち欠損し、ほとんど死にかけていた体を元に戻すなんて、はるか昔、神様がこの世界にいた時のお話でしか聞いたことがありません。それに、私に触れるとスキルが消失するせいか、みんな体調を崩すのですが、ご主人様にはそのような様子はありませんでした。今までこんなことは一度もなかったので、神様が再びこの世界に戻ってきて、気まぐれに私達を救ってくださったのかと……」

そうか、神様は昔、この世界にいたのか。しかし、なんでいなくなったんだ？

気になるから、いずれ機会があれば調べてみよう。

「ごめんね、神様じゃなくて。期待させてしまったかな？」

「いえ……変な質問をしてしまい申し訳ありませんでした……」

そうは言ったものの、俺が神だと本気で期待していたのか、二人はあからさまに気落ちしている様子だ。周囲の子達も残念そうに顔を伏せてしまった。

中でも、最初に腕が回復した子とエレナが一際落ち込んでいるように見える。

さて、どうする。神様とのことは特に隠している訳ではないが、喋っても大丈夫なのだろうか？

しかし、まだ回復していない子もいるし、みんなをがっかりさせたくはない。

まぁ、拠点から広めなければ大丈夫か。

俺は周囲を見回しながら、彼女達の期待に応える言葉を口にする。

「でも実は一度だけ、神様に会ったことはある」

「「「えっ⁉」」」

みんな驚いているが、少し元気になったな。

エレナなんて、前のめりになって聞いてくる。

「ど、どういうことですか⁉」

「本当は、俺はこの世界の住人じゃないんだ。神様に頼まれてこの世界にやってきたんだよ」

「け、ケンゴ様は神の使徒《しと》様なんですか？」

興奮したエレナがどんどん身を乗り出してくる。流石に少し近すぎるぞ。

「うーん、神様のお願いを聞いて来ているから、一応使徒ということになるのかな？」

「それでこんな凄い力をお持ちなんですね」

「俺自身はそこら辺にいる一般人と大差ないけど、この力は神様に貰ったものだからね」

「いえ、ケンゴ様だからこそ神に選ばれ力を授《さず》かったのです。あぁ、ゴブ一朗先輩は間違っていなかった」

いったい、エレナはゴブ一朗とどんな話をしているのだろうか？　お願いだから、他の子達に変な思想を広めないでほしい。

周囲を見回すと、他のみんなも目を輝かせて俺を見ている。元気になって何よりだ。

「あ、あの！　ケンゴ様‼　この話は、ゴブ一朗先輩や他のみんなは知っているのでしょうか⁉」

「いや、今初めて話したから、知らないと思うよ」

「でしたら、みんなにこのことを教えてもいいでしょうか⁉」

「いいけど、一応、話すのはこの拠点の仲間だけにしておけよ？」

「はい‼　わかりました‼」

すると、エレナは鼻息荒く寝床を飛び出して、どこかへ行ってしまった。

おいおい、この子らの世話はどうするんだよ……

それっきり帰ってくる様子は一切ないので、先に回復した子達に面倒を見てもらおう。

どうしよう……神の使徒とか言っちゃったせいか、みんなもの凄く期待のこもった目で見てくる。

俺、前世はごく普通の一般人なんだけど……

とりあえず、名前の確認をしようか。

「えーと、回復した子は前に出て、名前を教えてもらえるかな？」

「「はい！」」

まずは腕が回復した子が一歩進み出た。

「私はランカと言います！　今年十五歳になりました！　子供はいつでも産めます‼」

――子供⁉

いったい、この子は何をアピールしたいんだろうか？

続いて、水色の髪の子が挙手《きょしゅ》した。

「私はマリアと申します。今年十六歳になります。もちろん、私もいつでも子供は産めます。しかも、経験はありません」

そう言って、マリアはランカに不敵《ふてき》な笑みを浮かべる。

……だから、この子達はなんのアピールがしたいんだ？　まさか、彼女達は俺がそういう目的で奴隷を買ったと思っているのか？

「わ、私はリンって言います。十六歳です……わ、私も子供は産めます……」

最後に、金髪の子が顔を真っ赤にしながら名乗った。

うんうん、初々《ういうい》しいな。こういう反応が普通だろう。だいたい、十五歳で子供とか、早すぎる。

「子供は早いよ。物事には順序というものがあるしね」

「はい！　わかります‼　エレナさんが先ですね‼」

駄目だ、全然わかっていない。

俺、こんな若い子にまともに伝えられる気がしないよ。

通訳さん、お願いだから早く帰ってきてくれ……。

「とりあえず、今日は君達三人に他の子の世話をお願いしたいんだけど、できるかな？」

「はい！　できます‼」

元気よく返事をしたのはランカ一人。

あれ、他の二人は……？

「あの……私は呪われていて、スキルを……」

「私も……」

そのことか、説明するのを忘れていたな。

「あぁ、それなら大丈夫だよ。二人とも、本当は呪われてなんかいないんだ」

「え？　それはどういうことでしょうか？」

リンは信じられないといった様子で目を見開き、小さく呟くように聞き返してきた。

「二人は少し変わったスキルを持っているんだよ。リンは他人のスキルを奪うスキル、マリアは未来を予知するスキル。ただ、今は二人が未熟なせいで、うまく扱えていないだけだよ。呪われてなんかないから、安心してね」

「本当に……？」

「本当だよ。ちゃんと対策すれば問題ないよ。ただ、現状未熟なことに変わりはない。今度一緒に練習しにいこう」

「「はい……」」

二人がまた涙を流してしまったので、俺は先程同様に頭を撫でてやった。

「改めて、三人とも、他の子の世話をお願いできるかな？」

「「「はい！」」」

「良い返事だ。マリアのスキルは危険なものではないけど、リンはまだ直接触ると他の人のスキルを奪っちゃうから、今回は手袋をつけて、他の二人の補助に回ってね」

「はい！」

「じゃあ、俺はもう行くよ。何かあったら誰でもいいから、タトゥーが入った人に知らせてね」

そう言って、俺はエレナの寝床を後にした。

外に出ると、狩りから帰ってきたゴブ一朗達が広場で収穫物の解体を行っていた。

「戻ってきたのか、お疲れ様」

声をかけたものの……なんだろう、いつもよりみんなの視線が熱い気がする。おまけに、一部の山賊達が平伏《へいふく》している。お願いだからやめてほしい。

見ると、ゴブ一朗達の横に満足そうな顔をしたエレナがいた。

あぁ、お前が原因か。いったいどんな話し方をしたんだよ。

気を取り直して、俺もみんなの解体を手伝おうとしたら、全力で断られた。

前にも増して、俺以外の一体感が凄まじいな。……寂しいじゃないか。

仕方ないので、街で手に入れた物を広場に出して、整理、分配することにした。

基本的に食料ばかりだが、いくつか栽培できそうな物もある。それらは農家出身の山賊達に渡す。

エレナには衣類の配付を任せたところ、受け取った何人かは早速新しい服に着替えはじめた。

その日の夕食は、街で買ってきた食べ物で豪勢《ごうせい》な食卓になった。

新しく入った奴隷は、初めて見たゴブ一朗達を前にして慌てふためいたが、一緒に食事をするうちに、彼らは俺の配下で、危害を加えないとすぐに理解した。

やはり大勢で食べると楽しいな。一人で酸っぱい果実を食べていたのが懐かしい。

また近いうちに、みんなで食べよう。

俺はそう心に決めて、パンを頬張《ほおば》った。

さて、食事を終えた俺は、寝る前に本日最後の大仕事にとりかかる。

その大仕事とは申請があった奴らの強化だ。

なんと、今回はゴブ一朗とエレナとホーク達以外の全員が申請している。

レベル上限に達して強化できるようになったらいつでも呼ぶように言っていたのに、みんな俺が忙しいと思って遠慮していたようだ。

スキルポイントが底をつかないか心配しながらも、俺はみんなを強化して回った。

明日起きた時が楽しみだな。

＊＊＊

翌朝目が覚めて、俺は魔物組の変貌《へんぼう》ぶりに驚いた。

うさ吉は三《み》つ角《つの》ウサギ、ポチはシャドウウルフ、巳朗はポイズンスネーク、熊五郎はファングベアに進化した。

他の各種族も様変《さまが》わりしている。ホブゴブリン達はゴブリンナイトやゴブリンアーチャー、ゴブリンアサシン、ゴブリンプリーストに。フォレストウルフはグレーターフォレストウルフ、グリーンウルフ、ファングウルフに進化した。そして、大角ウサギは二角ウサギや飛びウサギ、蹴《け》りウサギ、そして丸ウサギといった具合だ。

みんなそれぞれに体格が良くなったり、爪や牙が鋭くなったり、精悍《せいかん》になっている。

だが、一匹だけおかしな進化をしている奴がいた。

……そう丸ウサギだ。

こいつだけ額に生えていた角もなくなって、体格的にも小さく、かなり可愛い見た目になっている。

完全に愛玩動物《あいがんどうぶつ》だろ、これ。つぶらな瞳がとても愛らしい。だが、これでもグレーターベアと同じ8等級だ。

強いのだろうか？

やはり魔物の中でも異質なのか、周囲の者の目も若干戸惑《とまど》っているように見える。

だがまぁ、どうしようもないので、様子見《ようすみ》だ。

対して、人族の面々は相変わらず見た目は変わらないが、ちゃんと強化はされているらしく、みんな朝からハイテンションで喜びあっていた。

勢い余ってゴブ一朗達に組み手を申し込んでいる者も見受けられる。程々《ほどほど》にしておけよ。

さて、無事にみんなを強化できたし、次は新しいメンバーを召喚する。

人族が増えてきたので、今回は魔物が多めだ。

ゴブリン、角ウサギ、ウルフを各十五匹召喚——これらはそれぞれゴブ一朗達の部下につける。

加えて、新しい昆虫型種族、バトルビー、スモールスパイダー、スモールワームを五匹ずつ召喚した。

何ができるかは追々調べていくとして、こいつらも一応魔物だし、ゴブ一朗達に任せよう。管理の負担《ふたん》が増えて過労《かろう》が心配だが、ゴブリンジェネラルになった彼の指揮《しき》能力に期待したい。

昨日の狩りでも、今まで見たことのない９等級の魔物を仕留めてきていたみたいだし、あいつらもずいぶん強くなったものだ。

最後に、ザックさん一家を襲っていた野盗達を一人だけ召喚した。

黒の外套とかいう組織のことを聞き出すためだ。

「初めまして。君は現状を理解しているかな？」

俺は毛皮の簡易服を渡しながら、蘇った男に早速質問した。

最近、素っ裸《すっぱだか》で目の前に出てこられるのも見慣れてきて、取り乱さなくなったな。

「はい。商人を襲っている最中、ご主人様に討《う》たれて死にました。その後、ご主人様のお力により蘇生していただき、今に至ります」

ふむ、大体理解できているな。俺の力で蘇生されたことまで理解しているのには驚いた。

やはり、蘇生する過程で少し記憶が改竄《かいざん》されるみたいだな。

「じゃあ、少し聞きたいことがある。なんでザックさん達を襲っていたんだ？」

「ザック商会が保有する馬車がアルカライムに帰還するので、その道中を襲えと、上から指示がありました」

指示か。それだとザックさんを襲った直接の理由はわからないな。

「今言った上ってのは、黒の外套の上司ということかな？」

「はい」

「どんな組織なの？」

「窃盗《せっとう》、暗殺《あんさつ》、強盗《ごうとう》、誘拐。表立ってできない仕事を生業《なりわい》にしている組織です」

うん、名前の通り、いろいろ黒そうだ。

「その組織は大きいのか？」

「はい。アルカライムはもちろん、各国の至るところに、組織の手は伸びています」

「アルカライムの活動拠点や他の仲間はわかるか？」

「はい。全てではないですが、幾人《いくにん》かと活動拠点の場所はわかります」

ふむふむ、その情報はありがたいな。

クリフォードさんは〝街を害する存在は許さない〟って言っていたし、恩を売るために、後でこのネタを教えに行くか。

「うん、ありがとう。有意義な情報だったよ。この後、他の人達も召喚するから、全員オルドの指揮下に入るように。今後はこの拠点で活動してほしい」

「わかりました」

俺は残りの野盗と馬を二頭召喚し、オルドに世話するよう頼んだ。

一通り召喚を終えた後は、いつも通り拠点の拡張を行う。

だいぶ人数が増えてきたので、拠点の拡張だけでなく、区画整理《くかくせいり》をすることにした。

拠点内部の敷地《しきち》を、住宅区、農業区、生産区、商業区にきっちり分けて、中心部には広場兼《けん》訓練場所を作る。

『土魔法』で一気に拠点の敷地を広げ、さらに今ある施設を地面ごと移動して、区分けに従って綺麗に整理していく。

今までの雑然《ざつぜん》と増殖《ぞうしょく》してきた感じが薄れて、結構人が住む場所らしくなってきたぞ。

相変わらず、俺の『土魔法』を初めて見る人達は目を丸くしているが、その横でエレナがドヤ顔しているのは解《げ》せない。

現状、商業区と生産区はあまり稼働《かどう》していないから、できれば今後はこの手の適性がある人材を充実させていきたい。

俺は区画整理の出来に満足しながら、奴隷の子達の様子を見るために移動した。

黒の外套《がいとう》

あれから三日経った。

奴隷の子達の欠損は全て回復し、今ではみんな楽しそうに拠点の仕事を手伝っている。

しかし、一つ問題がある。奴隷の子達とゴブ一朗達魔物勢の言葉が通じないのだ。

やはりゴブ一朗達と会話するには従属化が必要らしい。

一応、言葉が通じる人間相手なら従属化は可能なはずだが、現状では解除《かいじょ》の仕方がわからない以上、軽率《けいそつ》な真似はできない。

この子達はこの世界の法律で保護された奴隷だ。全員で金貨一枚という購入金額だから、労働期間は一ヵ月もない。それなのに、もし従属化してしまうと、一生この俺に縛《しば》られてしまうことになる。

どんな理由で奴隷になったかはわからないが、みんなまだまだ若い。親元に帰りたい子もいるだろう。

一ヵ月後、解放する時に改めて考えよう。

そうなると、マリアとリンのユニークスキルの熟達《じゅくたつ》は急務《きゅうむ》だ。

スキルを制御できないままだと、以前と同じ目に遭ってしまう可能性がある。これはどうにかしないといけない。

後でダンジョンに行く時に、二人も一緒に連れていくか……

また、この三日で昆虫組の働きぶりがわかってきた。

ワーム達は農業組と話し合って、畑を耕して害虫を駆除《くじょ》したり、土に埋まっている野菜の収穫をしたりしている。

スパイダー達も、これまた農業担当の人と連携して糸を紡《つむ》ぐという意外な活躍を見せて、農業組からも好評だ。早速増員の要望が出て、ゴブ一朗達には見つけ次第狩るように指示を出した。

さらに驚くべきことに、バトルビー達はどこからか小さい蜂《はち》を連れてきた。

鑑定すると、ハニービーという名前だったが……ハニーって、まさか蜂蜜《はちみつ》が採れるのか？

残念ながらハニービーの従属化には失敗したので、バトルビー達に管理させているが、いずれ彼らの子供ができたら再度従属化を試みよう。

この拠点初の甘味処《かんみどころ》の誕生が待ち遠しい。

そんなことを考えながら、俺は足下に目をやった。

そこには、この三日間の成果である魔道具やポーション類が、所狭《ところせま》しと転がっていた。

この拠点は土しかない。まぁ、それは『土魔法』ばかり使う俺のせいなのだが……とにかく、人が増えてきたのに文明のレベルはかなり低い。

当然、オイルランプなんて気が利いたものはないから、日が暮れたら真っ暗だ。せいぜい広場で焚《た》き火《び》をする程度で、ろくな明かりはない。

そこで俺は、拠点の生活を充実させようと、各種魔道具を大量に作ったのだ。

9等級の魔石が手に入ったので、まずは各収納袋の更新と増産。次に、『光魔法』と魔石を掛け合わせて、外灯《がいとう》やランプなどの照明器具。それから、『火魔法』と魔石でコンロ。『水魔法』と魔石で給水器。さらに、『火魔法』と『水魔法』と魔石を組み合わせて温水器まで作ってみた。これで念願のお風呂を沸かすことができる。

今までは『水魔法』で溜めた水に浸《つ》かるか、遠くにある川に水浴びに行かないといけなかったのだが、拠点で温かい風呂に入れれば、みんな喜んでくれるだろう。

他にも、生活に関係するところでは、『風魔法』と魔石で拡声器《かくせいき》を作った。最近みんなに話しかけてもたまにスルーされることがあるので、いざという時はこれを使おうと考えている。みんなが俺の話をスルーしているのではなく、たまたま俺の声が聞こえていないだけだと信じたい。

あとは、各種ポーション。回復ポーションはもちろん、奴隷の子達の治療の際に作っていなくて後悔《こうかい》した魔力ポーション、追加で解毒《げどく》ポーションも作った。

先日の進化で巳朗がポイズンスネークになったことから、毒を持つ魔物の存在に思い至ったからだ。

何かあってからでは遅いので、多めにストックしておきたい。

俺はみんなを招集して、魔道具の説明と設置の手伝いをしてもらった。

みんな新しい設備にすっかりご満悦《まんえつ》の様子だ。


午前中をまるまる使い、昼前になってようやく全ての魔道具の設置が終わった。

こうして外灯があるだけで、すっかり街らしく見える。

拠点に活気が出てきたことに満足した俺は、エレナとマリアにリン、さらに元山賊のモーテンと、彼と仲の良い四人を連れて、アルカライムの外に移動した。

次の目的は、マリアとリン、さらにモーテン達五人の冒険者登録だ。身分証を作りたいのもあるが、マリアとリンは俺達とダンジョンに入るため。モーテン達は通貨を獲得《かくとく》する手段として、冒険者の活動をしてもらう予定だ。ついでにダンジョンの資料も閲覧《えつらん》したい。

街に入るに当たって、彼らは守衛所で手続きが必要になるので、俺とエレナは一足先に路地裏にロングワープして、冒険者ギルドを目指した。

午後は冒険者が出払《ではら》っているからか、建物内は閑散《かんさん》としていた。

閲覧コーナーにも誰もいないので、今なら読み放題だ。

当面の現金を確保するため、拠点で解体した魔物の素材を売るようにエレナに指示し、俺は閲覧コーナーに向かった。

なんとなく手に取ったダンジョン資料をパラパラとめくっていく。思っていたよりもかなり詳しく書いてあるようだ。

ダンジョンのタイプや階層、出現モンスター、大まかな罠《わな》の位置の記載まである。しかし、持ち出しは禁止されているので、覚えていくしかない。

無理だ。俺にそんな記憶力はない。

俺は大まかな出現モンスターと階層情報だけ確認して、そっと本を閉じた。

受付カウンターに行くと、素材の査定《さてい》に時間がかかっているようで、エレナが手持ち無沙汰な様子で待っていた。

おかしい……

いつもならカスミダイブを受けて一悶着している頃だ。

今日はカスミちゃん休みなのかな？

エレナと一緒にただ待っているのもなんなので、クリフォードさんに会いにいくことにした。

「こんにちは、リアナさん。クリフォードさんはいますか？　少し話がしたいのですが」

「マスターですか？　少々お待ちください」

取《と》り次《つ》いでもらうべく、リアナさんに声をかけると、彼女はペコリと頭を下げて奥の扉に消えていった。

——と思った瞬間に戻ってきた。

「お待たせしました」

相変わらず、待ってはいない。

いやもう、リアナさんは〝こういうもの〟なんだろうと思うことにした。

周囲を見ても誰一人驚いていないしな。

「マスターがお会いになるそうです。奥の部屋にどうぞ」

俺は促されるまま奥の部屋に向かった。

ノックをしてから扉を開き、以前と変わらぬ殺風景な部屋に入る。何やら書類仕事をしていたらしいクリフォードさんは、手を止めてこちらを見た。

「僕に用があるらしいね？　何かな？」

「こんにちは、クリフォードさん。そんな性急《せいきゅう》に聞かなくてもいいじゃないですか。少しは私と雑談とかしませんか？」

「僕は無駄なことが嫌いなタイプでね」

「嫌われたものですね。ところで、クリフォードさんは、黒の外套という組織をご存じですか？」

その言葉に反応して、クリフォードさんの眉がぴくりと動く。

「どこでその名前を聞いたのかな？」

「内緒です」

「君はその話をするためにここに来たんじゃないのかい？」

クリフォードさんはあからさまに不快な顔をする。

「ええ。そのために、クリフォードさんにご存じか尋ねているんですよ」

「黒の外套のことは知っているよ。僕も手を焼いている存在でね。なかなか尻尾を掴《つか》ませない」

「そうですか。このアルカライムにいることもご存じなんですね。なら話が早い。この街の地図はありますか？　あと何か書く物をください」

「どういう意味かな？」

「口頭《こうとう》じゃ説明しづらいので」

俺がそう言うと、クリフォードさんは訝しみながらも机から紙とペン、地図を出してくれた。

俺は地図の中に丸印をつけ、紙に幾人かの名前を記す。

「ここと、ここ、それにここもですね。あとは……これだけですね」

「この印はまさか……」

「黒の外套の拠点です。あと、これは現在わかっている黒の外套のメンバーの名前です」

クリフォードさんは一瞬目を見張り、険しい顔で俺を睨んだ。

彼にこれだけ情報を渡せば、事実確認も含めて早急に対処してくれるだろう。

モーテン達にこの街で活動してもらうに当たって、不安要素は極力排除《きょくりょくはいじょ》しておきたい。

黒の外套の上司とかが接触《せっしょく》してきたら厄介《やっかい》だしな。

「全くのデタラメというわけではなさそうだ……。この情報はどこで手に入れたのかな？」

「内緒です」

「ふざけないでくれ。黒の外套の話なら、この街だけの問題じゃなくなる。奴らが何故黒の外套などと名乗っているかわかるかい？　闇夜に紛れて尻尾も掴ませないからだよ。そんな奴らの情報をここまで正確に把握しているなんて、異常だ。ぜひ情報源を教えてほしいね」

いくらギルドマスターが相手でも、こちらの手の内をペラペラ喋るわけにはいかない。

「私にも色々事情があるんですよ。細かいことはともかく、街が大事なのでしょう？　対応は早急にお願いしますね」

「君は僕を苛《いら》つかせるのが本当に上手いね」

「いえいえ、それほどでもありませんよ。これからも良い関係を築けていけたらと思っています。それでは用も済みましたので、私はこれで」

俺はそう言い残して部屋を後にした。

部屋を出て受付を見ると、既にエレナは査定を終えて待っていた。

さらにマリア、リン、モーテン達も受付で冒険者証の発行の手続きをしているところみたいだ。

しかし、どうやら冒険者証が出来上がるまで、どうやっても一日かかるらしい。

やはり、一瞬で手続きを終わらせてしまったリアナさんは特別だったのだろう。彼女の優秀さを改めて実感した。

＊＊＊

冒険者証の発行を待つ時間を有効利用するために、エレナやモーテン達には街で好きに行動してもらい、俺は一人で街の近くにあるE級ダンジョンに向かった。

このダンジョンは、ちょうどアルカライムから徒歩《とほ》で南西に一日の場所にある。せっかくなので、ロングワープで馬を一頭取りに戻り、人生初の乗馬と洒落込《しゃれこ》んだ。

召喚したおかげでこちらの言葉を理解してくれているようで、ちゃんと目指す方向に移動してくれたが、鞍《くら》や鐙《あぶみ》といった馬具《ばぐ》が一切なかったので、少し乗りづらかった。

でも普段の自分よりも高い視点から風景を楽しめて、とても気持ちが良かったからよしとしよう。

その日は久しぶりに一人で野営をした。いや、馬がいるから、一人と一頭か。

エレナから『念話』が入り、マリアとリンがアドロフ夫妻にもみくちゃにされて、可愛がられているとの報告が入った。モーテン達も問題ないらしい。

良かった、みんな馴染めているようだな。

俺はそのまま馬に背を預《あず》けて眠りについた。

翌朝、早朝から移動を再開し、ついに目的地であるダンジョンの前に到着した。

目の前には大きな洞窟がぽっかりと口を開けている。

全十五階層と規模が小さく、あまり人気《ひとけ》がないためか、周囲には誰もいない。

俺は早速エレナとモーテン達に『念話』で連絡し、ロングワープで迎えに行った。

みんなを引き連れてダンジョンに入ってみると、内部は意外と狭かった。高さ三メートル、幅五メートルくらいの通路で、歩くのに支障《ししょう》はないが、ここで戦うとなると結構苦労しそうだ。洞窟型のダンジョンだとこんなものなのだろうか。

今のところたまに分かれ道がある程度の単純な構造で、未だ魔物との遭遇はない。

とはいえ、最深部まで行って帰り道がわからなくなったら洒落《しゃれ》にならない。念のため、エレナに説明し、ちょっと拠点までロングワープで転移してみることにした。

結果は無事に拠点に戻れて、退路《たいろ》の心配はなくなった。もっとも、急に現れた俺を見た奴隷の子が驚いて一人失神してしまったのだが、明らかに俺の顔を見てから倒れた。

そんなに怖い顔をしているのだろうか？　失礼な奴だな。

そのままエレナ達の所に戻ったのだが、やはり道がわからず迷子《まいご》になっている感じは精神的によろしくない。

俺は『スキルブック』を開き、『地図化（必要値１００）』をＬＶ５まで取得し、地図を作ることにした。

実際に使用してみると、このスキルは意外と便利で、俺が認識した場所を自動的に記録していってくれるようだ。

『鑑定』さんによると、ＬＶ１０まで取れば行ったことのない場所までわかるらしいが、それだと面白くないので、今のところはＬＶ５で十分だ。

それからどれだけ歩いただろうか、このまま大人数で移動していても、魔物と遭遇したら身動きが取りにくそうなので、モーテン達と二組に分かれて探索することにした。

モーテン達は初めてのダンジョンということで、かなり張り切っているように見える。多めにポーションを渡しているが、無理をしないか少し心配だ。

俺達は分岐点《ぶんきてん》で二手に分かれ、それぞれに最深部を目指して移動した。

一つ下り坂を下りたところで、ようやく『気配察知』に魔物が引っかかった。

遠目で確認すると、初めて見る蟻型《ありがた》の魔物が三匹。

マリアとリンの熟練度上げのために早速『土魔法』で拘束《こうそく》しようとしたら……問題が発生した。

『土魔法』先生の反応が鈍《にぶ》いのだ。

驚きを抑えながら再度『土魔法』を発動してみたものの、やはりいつも通りにはいかない。

あくまで推測だが、ダンジョン内には何か特別な力が働いていて、『土魔法』でもダンジョンの構造を変えるような使い方はできないのだろう。

もし『土魔法』で好き勝手に穴を掘れたら、ダンジョン最深部まで一直線に道を作れてしまうからな。

まさかここにきて、俺の最大の攻撃手段が封《ふう》じられるとは思ってもみなかった。

しかし、俺が手をこまねいている間に、エレナが飛び出して手にしていた剣で蟻《あり》を三匹とも斬《き》りつけ、焼き尽くしてしまった。

一瞬の出来事に呆気にとられていると……

「申し訳ありません。初見の魔物でしたので、気づかれたら何があるかわからないと思い、その前に討伐させていただきました。差し出がましい行動かと存じますが、ゴブ一朗先輩にも強く言われているため、どうかご容赦ください」

いや、許す許さない以前に、単純に助かった。

あのままだとパニックになって、また角ミサイルを連射するという醜態をさらす可能性があった。

しかし、エレナは強いな。あの洞窟でグレーターベアの餌食《えじき》になったなんて、今では考えられないな。

もうグレーターベアぐらいなら一人で倒せるんじゃないか？

だが……今問題なのはゴブ一朗だ。

いったいエレナに何を吹き込んでいるんだ？　エレナに対して影響力が強すぎる。帰ったら一度話し合う必要があるな。

俺はエレナにお礼を伝え、先へと進んだ。

蟻型の魔物と遭遇してから、少しずつ魔物との遭遇率が上がってきた。

前回の失敗を踏まえて、マリアとリンを前衛《ぜんえい》に出し、魔物を発見次第、ユニークスキルを使用して熟練度を上げ、中衛《ちゅうえい》に控《ひか》えるエレナがそれを補助するという配置にした。

俺？　俺は後衛《こうえい》で素敵するだけだ。

なんだろう。これ、俺必要かな？

エレナにマリアとリンのユニークスキルの熟達の話をしたら、彼女が二人を補助、指導しながらダンジョンを攻略していくということになった。

だいたい、このダンジョン、急な曲《ま》がり角とかないし、俺が索敵しなくても問題なさそうな感じがする。俺は落ち込みながら、三人の戦闘を観察した。

マリアとリンは流石ユニークスキル持ちだけあって、ポテンシャルが高く、かなり動けている。

マリアが相手を先読みし、牽制《けんせい》や行動を阻害させる動きを取り、リンが今まで奪ったスキルで攻撃を加え、魔物を討伐していくという連携。

エレナは余程のことがないかぎり手は出さないようだ。しかし、口は出すらしく、厳《きび》しい叱責《しっせき》が結構な頻度で飛んでいる。

「どうしてそこでもう一歩踏み込まないのですか‼　ほら、あなたが遅れたせいで後衛に迷惑がかかっています‼　二人がかりでたった一匹の蟻にここまで苦戦するような輩は、ケンゴ様の側にいる必要はありません‼　拠点に戻ってイモでも掘っていなさい‼」

「「はい！　申し訳ありません」」

「謝っている暇があったら前を見て、敵の頭の一つでも落としなさい‼　ゴブ一朗先輩ならもう全て討伐して、ケンゴ様に魔石を献上《けんじょう》している時間ですよ‼」

「「はい‼」」

リン達二人は真剣な表情で返事をし、さらなる獲物を求めて奥に向かっていく。

……エレナは少し厳しすぎるのではないだろうか？

そもそも、後衛である俺は全く困っていない。

「エレナ、もう少し優しく教えたほうがいいんじゃないか？　最初から厳しいとマリアとリンが逃げ出すぞ？」

「いいえ、私はこれでもかなり優しい方だと思います。私がゴブ一朗先輩達に連れられ森を探索していた時なんて、それはもう、これとは比べものにならないぐらい地獄でした。それに、このくらいで音《ね》を上げるようであれば、初めからいない方がマシです。こちらから解雇《かいこ》しましょう」

ゴブ一朗……あいつら、何やってるんだよ。

しかし、ゴブリンとウルフ、角ウサギしかいない森で、地獄を見せるって……いったい、どうやるんだろうか？

俺はそれ以上口を出すのを諦めて、エレナの指導を見ながら奥に進んだ。

＊＊＊

あれからどれくらい奥に進んだだろうか。

何度か坂を下ったので、最深部に近づいていると思うが、今何階層なのかはわからない。

そもそも、階段があるわけでもないのに、どうやって階層を判断しているのだろうか？

そんな疑問を抱きながらも、俺達は休憩《きゅうけい》を挟みながら進み続ける。

下に進むにつれて、魔物の種類も増えてきた。初めは蟻型だけだったのに、今ではモグラやワーム、蝙蝠《こうもり》などの魔物も出てくるようになった。

だが、どれも強さ的には10等級と同等らしく、マリアやリンは問題なく倒している。

最初に比べて魔物にも慣れてきたのか、マリアは魔物だけでなくリンの行動も先読みしはじめ、時々指示を出しているし、リンも相手から得たスキルを自分なりに工夫して効率よく使っている。

この調子でいけば、近いうちにユニークスキルの方も使い慣れて、暴発《ぼうはつ》のリスクはなくなるだろう。

だが、問題もある。

俺の存在意義が無に等しくなっているのだ。

はじめは『気配察知』に引っかかったら声をかけていたのだが、エレナからそれでは成長しないし、スキルも取得できないと言われ、今や俺はただ後をついていくだけの人になっている。

死体の回収もエレナが完璧に行い、罠の処理すらマリア達にやらせており、俺の仕事がどんどん奪われていく。

このままではヤバい。ニートなヒモ生活に突入する可能性がある。

俺はダンジョンとまったく関係のないところで危機感を覚え、活躍する隙《すき》を窺いながら、静かにエレナ達の後をついていった。


順調にダンジョンの探索を進めていたら、はじめて大きな広場に出た。

見た限り、特に目立ったところはないドーム型の空間のようだ。

マリアとリンも何もないと思ったのか、魔物を警戒しながらそのまま広場の中央に進む。

だが、いよいよ中心部に近づいたその時、突然マリアが叫んだ。

「リン‼　下がって」

その声が聞こえたと思った瞬間、リンの足下が急に崩落《ほうらく》した。

リンは慌てて飛《と》び退《の》こうとするが、一歩遅く、そのまま崩落に巻き込まれて穴に落ちていく。

姿が見えなくなったリンにどうすればいいか戸惑いながら、マリアは穴とエレナを交互《こうご》に見ているが、そんな悠長《ゆうちょう》に指示を待っている場合じゃないだろ。

「ケンゴ様‼　お待ちください‼」

俺はエレナの制止を振り切りながらここぞとばかりに駆け出して、リンが落ちた穴へと飛び込んだ。

穴を下りてみると、そこは一面暗闇の世界だった。

暗くて何があるか見えないが、ギシギシという不快な音だけは聞こえてくる。

俺は急いで視界を確保しようと、『光魔法』で光球を生成する。

そして少しずつ見えてきたのは……視界を埋めつくさんばかりの蟻の魔物の群《む》れだった。

大型の蟻達が折《お》り重《かさ》なりながらこちらに殺到《さっとう》してくる。

これはまずいな……

俺は足下にいるリンを抱え、ショートワープを使って急いで上へと戻る。

俺を追って穴に入ろうとしていたエレナが、無事に戻ってきた俺の姿を見つけ安堵したのも束の間、声を荒らげて詰めよってきた。

「ケンゴ様‼　何故急に一人で助けに向かわれたのですか⁉　何かあった時は誰かを連れて行くという約束をお忘れですか⁉　ケンゴ様の身に何かあってからでは遅いんですよ⁉」

うん、言いたいことはわかる。しかし申し訳ないが、今はそれどころじゃない。

さっきから足下でギシギシ音がする。恐らく蟻達が穴から這い上がってこようとしているのだろう。

出てくる前にどうにかしないと、あの数は四人では手に余《あま》る。

俺はいつも通り『スキルブック』を開き、この状況を打破《だは》するのに最適なスキルを探す。

そういえば、『爆炎魔法《ばくえんまほう》』とかいうのがあったと思い出し、俺はそれを一気にＬＶ１０まで取得した。

そのまま穴に向かって手をかざし、急ぎ爆炎魔法を展開する。

すると、目の前に手のひら大の火球が現れた。

あれ？　俺『爆炎魔法』を展開したよね？

見た目は『火魔法』となんら変わりがない。

とりあえず、出してしまったものは仕方がないので、穴に向かって放つ。

火球は穴に吸い込まれていくが……何も起こらない。

俺が不思議に思い穴を覗こうとした瞬間、もの凄い轟音が辺りに響き渡った。

洞窟自体も激しく震動《しんどう》して、立っているのもままならない。

さらに数瞬《すうしゅん》遅れて、目の前の穴から火柱が吹き上がった。

周囲を見ると、広場の壁や天井が崩れてきている。

どうしよう……やりすぎた……

俺は後でエレナ達に怒られるのを覚悟しながら、みんなを回収し、ショートワープで間《かん》一髪《いっぱつ》で広場の奥の通路に退避《たいひ》した。

振り返ると、広場は見るも無惨《むざん》な姿に様変わりしていた。崩れた岩があちこちに散乱し、壁面《へきめん》にも大きなひび割れができている。

幸い、洞窟全体が崩落するまでには至らなかったみたいだ。

「すまない、緊急事態だったのもあって、ちょっとやりすぎた」

俺は怒られる前にエレナ達に謝罪したが……どうも怒っているようには見えない。

エレナは満足そうに頷いているし、マリアとリンに至っては顔を赤らめ、目を輝かせている。

広場を崩壊させてしまったというのに、何故だ？

とりあえず、穴に落ちたリンの怪我や、別行動中のモーテン達の無事を確認しないといけないので、俺はここで一度小休憩を取ることにした。

休憩後、注意しながら広場を抜け、俺達は再び前と同じスタイルで奥を目指した。

休憩中、マリアとリンは不注意で俺に手間をかけ、あまつさえ危険にさらしたと、エレナからこっぴどく怒られていた。二度目はないと釘を刺されたせいで、さっきから二人とも過剰に警戒している気がする。

大丈夫、そんなことで見捨てたりするつもりはないので、肩の力を抜いてほしい。

しかし、E級であんな群れがいるのか……

普通の人だと逃げられないし、食べられて終わりじゃないか？

俺はダンジョンの難易度の高さに困惑しつつ、先行するエレナの背を追った。

その後は特に問題もなく、魔物を倒しながら進んだ。

道中、何個か木箱を発見した。ダンジョン内の宝箱みたいなものか。

中身は鉄の剣や鉄の鎧などの鉄装備シリーズ。せっかくだからエレナ達に装備しないか聞いたが、誰も装備したがらなかった。

なんでだろう？　呪われているのかな？

しかし、『鑑定』には呪いは表示されていなかった。考えられる原因は……この饐《す》えた臭い。昔誰かが着ていたのだろうな。もちろん、俺も装備していない。

そのまま探索しながら進んでいると、何度か坂を下ったところで、また広場に行き当たった。

しかし、今回は前回の広場と少し違う。

広場の中央に、見るからにボスっぽい奴が鎮座《ちんざ》している。

体は筋骨隆々《きんこつりゅうりゅう》な人間の男性のものだが、頭が牛だ。

あれはミノタウロスか……？

ぱっと見ただけでも身長は五メートルを超えていて、片手には身の丈《みたけ》ほどもある大きな斧を持っている。

いや、あれは無理だろう。あんな斧に当たったら確実に死んでしまう。

本当に、ここE級ダンジョンなのだろうか？

「エレナ、ヤバそうな奴がいるから、もう帰らないか？」

俺は足を止めてエレナに帰還を提案した。

「いえ、訓練にちょうど良い相手がようやく現れたので、このままやらせましょう」

「やらせる⁉」

まさかあんな厳《いか》つい牛男《うしおとこ》に、こんな可憐《かれん》な少女達をけしかけるつもりか？

スパルタすぎる。

「これぐらいの相手を倒せないようでは、ケンゴ様の護衛は務まりません。あの程度の相手、熊五郎やゴブ一朗先輩なら瞬殺《しゅんさつ》でしょう」

いつの間にか、エレナは自分を食べた熊を呼び捨てできるようになっている。それに、エレナは俺の護衛ポジションだったのか。ゴブ一朗の差し金かな？

しかし、本当に大丈夫なのだろうか。

「あー、エレナはこう言っているけど、二人とも、無理そうならやめてもいいんだぞ？」

「「やらせてください‼」」

即答だった。何故こんなにやる気に満ちあふれているのだろう。既に俺が少数派になってしまっている。

こうなっては、送り出すしかないだろう。

「そんなに言うならいいけど、危なそうだったらすぐに介入《かいにゅう》するからな？」

「「はい‼」」

そう言うと、二人は広場に駆《か》けだして——いや、マリアが戻ってきた。

「あの……この土ショートソードが悪いというわけではないのですが、弓とか遠距離系の武器はないのでしょうか？」

ごめんな、土持ってあんな厳つい牛男に挑むとか、自殺行為だよな。

以前ホブゴブリンが弓を使っていたし、今はゴブリンアーチャーもいる。拠点に戻れば貸してくれるだろう。

俺が拠点に戻って借りてくる旨を話そうとすると、既にエレナがマリアに弓を渡していた。

持っているなら先に言ってくれよ……。

「ケンゴ様が用意した剣を捨てて弓を取るのですから、無様《ぶざま》な戦闘は許しませんよ？」

険しい表情で告げるエレナに、マリアが一礼する。

「はい！　心得ています！　ケンゴ様の側に仕える者として恥じない戦いをお見せいたします」

だんだんみんなが力をつけていくのは嬉しいが、何か変な方に向かっている気がする。

誰かに相談できればいいが、側近《そっきん》がこれだからな……

マリアは弓を受け取り、改めてリンと共にミノタウロスに向かっていく。

余裕の表れなのか、ミノタウロスは部屋の中央から一切動く気配がない。

先に仕掛けたのはリンだ。

『身体強化』を使いながらミノタウロスに迫る。彼女の接近に呼応《こおう》して、ようやくミノタウロスが動き出した。

「ウボァァァァァァ」

広場にミノタウロスの雄叫びが響き渡る。

リンは怯《ひる》まずミノタウロスの左足を斬りつけようとするが――

「リン！　左上斧‼」

マリアの声に応じて、リンは攻撃を中断し勢いそのままミノタウロスの後ろに転がり込むようにして、回避《かいひ》した。

次の瞬間、さっきまでリンがいた場所に巨大な戦斧《せんぷ》が振り落とされる。

叩きつけられた戦斧は地面を割り、凄まじい轟音を立てた。

「ウヴォァァァァァ」

戦斧が叩きつけられた瞬間、動きが止まったタイミングで、マリアが矢を放ちミノタウロスの右目に命中させた。

さらに、転がったリンが起き上がり、目を押さえているミノタウロスの脇腹《わきばら》を斬りつける。

「グヴァァァァ」

リンはチャンスとばかりに再びミノタウロスに斬りかかる。しかし――

「リン！　危ない！　一度下がって‼」

リンは一瞬の迷いもなくその声に従って身を翻《ひるがえ》す。

そのすぐ後ろをミノタウロスが振り上げた戦斧が、風切《かざき》り音を立てながら通り過ぎた。

この二人は凄いな。あのミノタウロスを圧倒している。

特に、マリアの予知は非常に強力なスキルだ。余程のことがない限り、攻撃が当たらない。

それに、自由に動き回っているリンの方も、迷いもなく指示に従って回避し、隙をついて上手いこと攻撃に転じている。

二人の相性《あいしょう》の良さがあってこそなせる連携だ。お互いに少しでも疑念《ぎねん》が生じれば成り立たないだろうな。

斧を回避したリンが再び駆けだし、ミノタウロスにあと二メートルまで接近した時、マリアが警告を発した。

「斧、右からなぎ払い」

リンはその声に従い、まだ斧が視界に入らないうちに高く飛ぶ。

わずかに遅れて、先ほど同様ミノタウロスの戦斧が空《くう》を切った。しかし、ミノタウロスの方も返す刀で空中にいるリンへと追撃を放つ。

次の瞬間、ミノタウロスのもう片方の目に矢が突き刺さった。

空中に飛んだリンは、苦しむミノタウロスの頭に容赦なく剣を振り下ろす。彼女はその小さな体からは想像のできないほどの膂力《りょりょく》で、魔物の頭をかち割った。

ミノタウロスは最後に断末魔《だんまつま》の悲鳴を上げ、地面に崩れ落ちる。

二人はそのままミノタウロスの死亡を確認すると、すぐにこちらに戻ってきた。

「いかがでしたか？」

「どうでしたか？」

二人はどこか心配そうな面持ちで聞いた。

「二人とも、とても凄かったよ。強くなったね」

俺はそう言って、二人の頭を撫でる。

こうして頭を撫でられている姿を見ると、二人は年相応《としそうおう》の、普通の少女に見える。そんな二人が、自分の何倍も大きいミノタウロスを討伐するなんて、本当に驚きだ。

しかし、頭を撫でられ気持ちよさそうにしている二人に、エレナが無慈悲《むじひ》な言葉を放つ。

「今回の戦闘はギリギリ合格点をあげましょう。あまり調子に乗らないように。拠点に戻ったら、一度二人でゴブ一朗先輩やポチ先輩などと組み手をやってみなさい。先をいくら読もうが回避できない攻撃というものを教えてもらえますよ」

そんな攻撃があるのか……

俺はさっきの『爆炎魔法』みたいな広域魔法じゃないと、リンとマリアに攻撃を当てられる気がしなかったんだが……

なんとなくエレナの視線が痛かったので、俺は二人を撫でるのをやめてミノタウロスの死体の回収に向かった。

死体の回収を終え、さらに奥に進もうとしたのだが……広場を抜けた先の少し開けた場所で行き止まりになってしまった。

ミノタウロス部屋は〝外れ〟だったのだろうか？

辺りを見回して他に通路がないか探していると、エレナが何か淡い光を放つ手の平大の水晶球を持ってきた。

「ケンゴ様、こちらを」

「ん？　なんだこれ？」

球を受け取ると、球から何か魔力のようなものが体に流れ込んできた。

なんだろう？　温かいな。なんとも心地《ここち》よい。

そのまま受け取った石を弄《もてあそ》びながら周囲を探索していたら、数分ほどして魔力の流れが止まってしまった。今まで魔力で光っていたのか、淡い光は消えて、今ではただの黒くて丸い石になっている。

いったいなんだったのだろう？

すると、突然脳裏《のうり》にメッセージが浮かんだ気がした。


──『スキルブック』が更新されました。


驚いて辺りを確認するが、特に変わった様子はない。あの石が原因かな？

俺は急いで『スキルブック』を開いて確認する。

案の定、新しく『付与』というスキルが増えていた。必要値は５００と、『召喚』並みに高い。恐らく、有用なのだろう。しかし、今はＬＶ１０までの取得に必要な５０００ポイントを捻出《ねんしゅつ》する余裕がない。

それにしても、『スキルブック』は更新ができるのか。今後は可能ならなるべく更新していった方が良いだろうな。

「ところでエレナ、あの石はなんだったんだ」

「あれはこのダンジョンのコアです」

ダンジョンコア⁉

ギルドで壊したら駄目って言ってたやつか？

どうしよう……今床に転がっているのは、明らかに役目を終えたただの石だ。

これは怒られるな……。

「禁止されているのは破壊することだけですので、問題ありません。元の場所に戻しておきますね」

俺の心配をよそに、エレナは平然と言ってのけた。

それは屁理屈《へりくつ》なのではないのだろうか？

ただ、もうやらかしてしまったという事実は変えられないので、バレないことを願うしかない。

そうこうしていると、モーテン達が現れた。どうやら、他の通路を通っても、最深部であるここに至るらしい。

彼らは、俺達より遅れて来たことを悔しがっているようだ。

「モーテン、別に競争していたわけじゃないんだから、そんなに落ち込むことはないだろ。また機会があれば一緒にダンジョン攻略をやろう」

俺達は、そのまま一緒にアルカライムの外までロングワープした。

＊＊＊

早速街に入り、ギルドに本日収集した魔物の素材を売りに行く。

拠点の開発が順調に進んでいるので、早くお金を作って職人を雇いたいのだ。

冒険者ギルドの建物に入ると、受付の前が何やら騒がしい。

何事だ？

人垣《ひとがき》をかき分けて騒ぎの現場を覗き込んでみたところ、見覚えのある顔があった。

商人のザックさんだ。彼は血相を変えて、受付の人に迫っていた。

「早く‼　早く捜してください‼　お金ならいくらでも出します‼　見つけてくれた人にはさらに謝礼《しゃれい》も出します‼　お願いです‼　誰でも良いので助けてください‼」

ただ事ではなさそうだ。

「ザックさん、いったいどうしたんですか⁉」

振り返ったザックさんは、俺を見つけるなり、凄い勢いでこちらに駆けてきた。

「ケンゴ殿‼　あぁ、良かった、ようやく見つかった‼　お願いします、手を貸してください‼　もうあなた方に頼るしかないんです‼　お願いします‼」

かなり焦っているようだ。ザックさんらしくない。

「落ち着いて。何があったか説明してください」

「アンナが‼ アンナがいなくなってしまったんです‼ どれだけ捜しても全然見つからない‼ お願いします‼ 助けてください‼」

それを聞き、俺は目を見開いた。

アンナちゃんがいなくなっただと……？

＊＊＊

「ザックさん、いったいどういうことですか？ アンナちゃんはいつからいないんですか？」

「昨日の夜までは確かにベッドにいたんです。ですが、朝起こしに行くともぬけの殻《から》でした。夜中に一人で起きたのかと思って家中捜しましたが、娘は見当たりませんでした。近所の人にも聞いて回っても娘は見ていないと……。それで、最近噂の人攫《ひとさら》いのことを思い出しました」

ザックさんは必死の形相《ぎょうそう》で俺に訴《うった》えかける。

「それで私達は、ギルドにアンナの捜索依頼を出し、何かあった時に手を貸してくださると言っていたケンゴ殿を捜しに来たのです。しかし、もう日が暮れるというのに娘の手がかりは何一つ見つかっていません。流石に焦ってしまい、先程のようなお恥ずかしい姿をお見せしてしまいました。ですが、ここでケンゴ殿に会えて本当に良かった。以前も助けていただいた上に、こんなお願いをするのは厚かましいとわかっています。しかし、もうあなたしか頼る人がいないのです。お願いします、アンナを助けてください」

「わかりました。必ずアンナちゃんは見つけ出しますので、安心してください。お疲れのように見えるので、少し自宅で休んだ方が良いのではないですか？」

「はい、ありがとうございます。本当によろしくお願いいたします。私どもも休息が必要なのはわかっていますが、娘が今も辛い思いをしているかと思うと、休んでなどいられません。見つかるまで捜します」

「そうですか。あまり無理はしないでくださいね。アンナちゃんが無事に帰ってきた時にザックさんが倒れていたら、アンナちゃんも悲しみますよ？」

「はい、わかっています。それでも、じっとしていられないんです」

だいぶ参っているみたいだな……

「では、早速私も捜しに行きますので、これで失礼します」

「ケンゴ殿、よろしくお願いいたします」

俺は深々と頭を下げたザックさんに見送られながら、ギルドを後にした。

建物を出たところで、早速『スキルブック』の中を探った。

恐らくアンナちゃんが普段行きそうな場所は、既にザックさんが捜しているだろう。

何かアンナちゃんの痕跡《こんせき》を辿れるスキルはないのか？

俺は焦る気持ちを抑えつつ、漏《も》れがないようにスキルブックを読み込む。

しかし、何故アンナちゃんはいなくなったのだろうか？

この街に入る時に守衛が言っていた、一連の行方不明事件との関係も疑われる。

ザックさんもさっき噂の人攫いと言っていたので、恐らくそのことだろう。

だが、誰がなんの目的でアンナちゃんを攫《さら》ったんだ？

考えてもわからない。

とりあえず、思念読取りや追跡《ついせき》等のスキルがあった。

思念読取りは今回関係なさそうなので、『追跡（必要値１００）』をＬＶ１０まで取得した。

すると、ダンジョンで取得した『地図化』が連動し、記録したマップ上にいくつかの光点が映し出された。

どうやらこのスキルは、俺が一度認識した相手の場所がわかるようだ。

使い方を間違えればストーカーみたいになりそうだが、今はそんなことを言っている場合ではない。

俺はアンナちゃんを想像し、どの光点が彼女を示すものかを絞《しぼ》り込んでいった。

調べた結果、この街の外にアンナちゃんの場所を示す光点があることがわかった。

街の外？

俺は急いで守衛のところに行き、アンナちゃんらしき人物が街の外に出たか確認を取る。

しかし、そんな人物はこの門を通ってないらしい。

アンナちゃんは自分の意思で街を出たのではなく、誘拐されたとみて間違いないな。

俺はそのまま門をくぐり、アンナちゃんがいる場所に向けて走る。

移動に関しては俺が一人で動く方が断然《だんぜん》早いので、エレナ達には悪いが街で待機してもらった。

アンナちゃんが移動したらすぐにわかるように、マップを開きながら走っているのだが、さっきから動きは全くない。

捕まって、拘束されているだけならいいけど……最悪の事態もあり得る。

逸る気持ちを抑えながら、俺は拠点のゴブ一朗達に『念話』で連絡し、いつでも出られるように装備を整えさせた。

すっかり日が暮れた頃、ようやくアンナちゃんがいるであろう場所に着いた。

前方の斜面に、洞窟がぽっかり口を開けている。

入り口には見張りらしき人物が二人。アンナちゃんを示す光点も……間違いなくこの先だ。

俺は事前に知らせていたゴブ一朗達を転移で連れきて、どう攻《せ》め込むか相談する。

意見を聞いて挙手させたら、俺以外その他全員一致で、俺の後方待機という結果に。

何故だ？　洞窟を見つけたの俺だぞ？

しかし、今回ばかりはアンナちゃんの命がかかっているので、決定には従えない。俺も参加させてもらう。

はっきりそう伝えると、ゴブ一朗達は渋々後衛に加えてくれた。

それにしても、なんでこいつらはこんなに俺を後方に追いやろうとするのだろうか？

この洞窟はダンジョンじゃないから、俺の『土魔法』先生だって万全だぞ？

心中で愚《ぐ》痴《ち》っているうちに、前衛部隊が動き出した。

ゴブリンアーチャーが見張りに弓を放つ。その矢が刺さると同時に、ゴブリンアサシンがもう一方の見張りの首を落として一瞬で収納袋へと回収してしまう。

もの凄い手際《てぎわ》の良さだ。

この暗い中、矢を正確に当てたアーチャーも驚きだが、アサシンはいつの間に移動したのだろうか。見張りの首を落とすまで一切の音も立てていない。

俺は呆気に取られながらも、移動するゴブ一朗達に続いて洞窟に足を踏み入れる。

内部は意外に広々としていて歩きやすかった。

ゴブ一朗達は待ち伏せを気にせず、どんどん奥に進んでいく。大丈夫だろうか？

俺が疑問に思っていると、エレナからの『念話』が届いた。

（索敵持ちのうさ吉先輩が、先行している巳朗やゴブリンアサシン達に『念話』で指示を出し、見つかる前に殺し収集しています。流石です、音を立てないどころか、血痕《けっこん》すら残していません。私も精進《しょうじん》しないといけませんね）

こいつらはいったいどこを目指しているんだ？

それより、ゴブ一朗達が俺だけ爪弾《つまはじ》きにして会話しているっぽいのがもっと問題だ。たまにアイコンタクトを交わしているように見えるが、あれは確実に『念話』をしている。

エレナに翻訳《ほんやく》してもらわないと言葉が理解できないとはいえ、主を仲間外れとは、酷い仕打ちだ。

ミノタウロスとの戦闘で、『念話』なら相手にバレずに確実に指示を伝えられるとわかり、マリアとリンにも『念話』を導入している。

二人もこの『念話』に参加しているみたいだけど……あれ？　でも確かゴブ一朗達と言葉が通じないはずなのに、会話できているのか？

謎は深まるばかりだ。

そうこうしていると、開けた場所に着いた。

薄暗い中でも、かなり広いのがわかる。通路も整っていて歩きやすいし、ここは本当に天然の洞窟なのだろうか？

そんな疑問を抱きながら、通路から奥を覗き見ると、広場で何やら酒盛《さかも》りをしている集団を発見した。あれがアンナちゃんを攫った連中に違いない。

洞窟の壁に声が反響するので、耳を澄《す》ませなくてもよく聞こえる。

「ほんと、今日は間一髪だったな‼」

「あぁ。まさか街のアジトの場所が冒険者ギルドにバレているとはな！　最初は信じられなかったが、こうして仕事を前倒しにして出てきたおかげで、助かった」

「ギルドも、まさか内通者がいるとは思わないだろうな‼　あいつら、今頃誰もいない場所を襲撃《しゅうげき》しているんだろうよ‼　ガハハハハ」

男達の下卑《げび》た笑い声が洞窟内に響く。

「しかし、なんでバレたんだろうな？　こっちにも裏切り者がいるんじゃねーか？」

「いるわけねーだろ。でなきゃ、ギルドにいるあいつもとっくに捕まって、俺達だって無事じゃねーはずだしな」

「まぁ、なんにせよ、仕事は上手くいったんだ、朝一でゴミを燃やして、王都に戻るぞ‼」

「あぁ、やっとこんな辺境とおさらばだ‼　お前ら、今日は飲むぞ‼」

「「おお‼」」

どうやらギルドに内通者がいるみたいだな。おかげで、クリフォードさんは失敗したようだ。

帰ったら教えてやろう。

しかし、黒の外套ってのはこんなにもアルカライムに潜り込んでいたのか。

『気配察知』だけでも四十人近く引っかかっている。

ここに来るまでに遭遇した奴らを合わせれば、五十人以上いたことになる。そんな大人数が、いったいどうやって、怪しまれずに街を出たんだ？

それよりも、今はアンナちゃんを捜さねば。

……反応は近いのに、奴らの周りにそれらしき人影は見当たらない。

俺は目を凝《こ》らして広場の様子を観察する。そして、それを見つけてしまった。

広場の端に、適当に放られたように無造作《むぞうさ》に積み重ねられた人間達を。

その中に、俺がよく知る少女の顔があった。

アンナ……ちゃん……？

だが、彼女の顔は、俺の記憶にある愛らしさなど一切なく、生気を失い、無表情にどこかを見つめる人形のそれだった。

折り重なる人間達の他にも、周囲には何人もの無表情な人間が転がっている。

信じがたい光景に言葉を失い、ただ呆然と見入《みい》っていると……視界外から何かがそこに投げ入れられた。

それは今しがた笑い飲み騒いでいた男達が飲んでいた酒の空《あ》き瓶だった。

飛んできた空《あ》き瓶の軌道《きどう》を辿って広場の方を見ると、男達がゲラゲラと笑いながら肉を食い終わった骨を人間の山に投げ入れている。

折り重なる人達は、瓶や骨がぶつかっても、誰一人として反応を示さない。

男達の行動は、まるでそこにいる人間を食べかす同然のゴミだと認識しているような、自然な動きだった。

そう、俺の膝の上で楽しそうな笑顔を向けてくれた、あのアンナちゃんをゴミだと……

――いやだ……‼

なんでだ、どうしてこうなった？

駄目だ……駄目だ駄目だ駄目だ‼

俺は間に合わなかったのか？

今度アンナちゃんに新しいお話をしてあげるって約束したんだぞ？

それなのに、俺はアンナちゃんを助けることができなかったのか？
なんでだ？
何が悪かった？　誰が悪い？
駄目だ、全然考えが纏まらない。
その時、耳障《みみざわ》りな笑い声が聞こえてきた。
なんだ？
なんであいつらあんなに笑っているんだ？
アンナちゃんがこんなことになっているのに、何が面白いんだ？
……あぁ、そうか。
あいつらだ。
あいつらがアンナちゃんにこんな酷いことをしたのか。
それなのに、どうしてあいつらは楽しそうに酒なんか飲んでいるんだ？
駄目だ、イライラする。
だが、一つだけ確かなことがある。
俺はあいつらが許せない。
アンナちゃんをこんな姿にしたあいつらが許せない。
あぁ……駄目だ、感情を抑えられない。

お前ら、もう笑うな。
今すぐその汚《けが》らわしい口を閉じろ。
「お前らぁぁぁぁぁっ‼　この子にいったい何をしたぁぁぁっ‼」
喉が裂けんばかりの怒号《どごう》を張り上げる。
連中の笑い声は消え、一瞬、時が止まったような静寂《せいじゃく》に包まれる。
誰一人動く者はなく、洞窟内の妙にひんやりした空気が肌を刺す。
なんでこいつら何も言わない。
どうして誰も動かないんだ？
駄目だ、イライラする。
俺は怒りを押し殺し、低い声で命令を発する。
「……エレナ、ゴブ一朗、こいつら全員始末しろ」
その声を聞き、ゴブ一朗達は弾かれたように広場に飛び出した。
それを見てようやく連中も動き出し、持っている酒を投げ捨てて武器を手に取るが……
もう遅い。
広場は一瞬にして阿鼻叫喚の地獄絵図へと変貌した。
あぁ、早くアンナちゃんのもとに向かわないと……
俺は眩暈《めまい》を感じながら、圧倒的な戦闘力で男達を蹂躙《じゅうりん》するゴブ一朗達を横目に、アンナちゃんのところへと駆けていく。

だが、そんな俺の行く手を遮る障害物が立ち塞《ふさ》がる。

邪魔《じゃま》だ……邪魔だ邪魔だ邪魔だ‼

こいつらは今やゴブ一朗達に狩られる側だというのに、自分の立場をわかっていないのか？

連中が何か叫んでいるが、全然耳に入って来ない。

俺は障害物を排除するために『土魔法』を展開する。

いつものように押し潰そうとした瞬間……違和感を覚えた。

なんだこれは？

俺は展開した『土魔法』を慌てて解除する。

違和感の正体は、洞窟の脆《もろ》さだった。

ＬＶ１０の『土魔法』を展開すると、周囲の鉱物や土の状況を確認できる。それによると、この洞窟が自然のものではないのがわかった。主に周囲の壁に誰かが魔法で補強した形跡《けいせき》がある。

しかし問題は、その技術の拙《つたな》さだ。

無理に壁を補強しているせいで、下手に『土魔法』を使えば基盤《きばん》から崩壊する危険性がある。

クソ、面倒なことしやがって！

ゴブ一朗よりも俺の方が相手にしやすいと思ったのか、目の前に障害物が群がってくる。

なんでそんなに俺の邪魔をするんだ？

そんなに死にたいのか？

俺は『土魔法』を諦め、他の手段を模索する。

『火魔法』や『風魔法』は周りを巻き込む恐れがあるから、奥に倒れているアンナちゃん達に当たる可能性がある。

『水魔法』を使うにも、洞窟内では集められる水分にも限界があるし、壁まで貫くほどの威力がある角ミサイルだって、危険すぎて乱戦中にぶっ放すわけにはいかない。

ああ、なんで俺は近接系のスキルを取っていないんだ。

近接戦闘は苦手《にがて》だし、最近は『土魔法』に頼りすぎた。

まさか、こんな場所で後悔する羽目《はめ》になるとは……

しかし、今は自分の愚かさを嘆いている場合ではない。

一歩でもアンナちゃんに近づくために、以前作った土ショートソードを空間収納から取り出し、『身体強化』を全開にして敵に向かって駆け出す。

「ケンゴ様、ご無事ですか？」

すると、後ろからエレナが声をかけてきた。マリアとリンも一緒だ。

「ああ、大丈夫だ。だが、この洞窟内だと俺の魔法が制限される。手を貸してくれるか？」

「はい、私達はケンゴ様のものです。いつでも、遠慮なくお使いください。マリア‼ リン‼ 聞こえましたね⁉ ケンゴ様の前に立ちはだかる愚か者を駆逐《くちく》します。ついてきなさい‼」

「「はい‼」」

マリアとリンを引き連れたエレナは、たちまち俺を追い越して、矢のように敵に突っ込《つっこ》んでいった。

そのスピードも驚きだが、やはり戦闘職だけあって、素人《しろうと》の俺とは比較にならない剣捌《けんさば》きで、次々と敵を切り伏せていく。自身の周囲に展開する『火魔法』が陽炎《かげろう》の如《ごと》く揺らぎ、彼女の動きに合わせて、なびく赤い髪が炎のようだ。

リンは身軽なフットワークで敵を翻弄《ほんろう》し、マリアは一発必中の矢で確実に致命傷《ちめいしょう》を与えていく。

戦っているところを間近で見ると、改めてその凄さを思い知らされる。

俺はエレナ達に感謝しながら、アンナちゃんのもとへと急ぐ。

周囲の敵も減りようやくアンナちゃんに手が届くと思った瞬間、そいつは現れた。

何かを叩きつける大きな音が、広場に鳴り響く。

俺がその音に驚いて視線を向けると、目の前をゴブ一朗が吹き飛んでいった。

「ゴブ一朗⁉」

次いで、広場の奥から、身の丈ほどもある大槌《おおつち》を担いだ巨漢《きょかん》が姿を現した。

体に禍々《まがまが》しい黒い靄《もや》を纏い、異様な殺気を放っている。

「おいおい、お前ら何者だ？　せっかく辺境での仕事も終わってせいせいしていたのに、邪魔すんじゃねーよ。こんなに仲間を殺しやがって。王都までどうやってこれだけの荷物運べっていうんだよ、めんどくせーな」

男はブツブツと文句を言いながらこちらを睨みつける。

まさか、ゴブ一朗が負けたのか？

その事実がすぐには理解できず、俺は呆然と立ち尽くす……

「ゲギェゲ‼　グゲ‼」

そう声を張り上げながら、ゴブ一朗が立ち上がった。

ああ、良かった。無事だったのか。

「ゴブ一朗先輩は問題ないそうなので、ケンゴ様は目的を優先させてください」

エレナが声を掛けてくる。

だが、さっきの吹き飛び方を見た限り、一筋縄《ひとすじなわ》ではいかないのは目に見えている。

それに、あの男から出ている黒い靄はなんだ？　明らかに他の奴らとは違う。

俺はあと少しで手が届くアンナちゃんの方に視線を向ける。

相変わらずその顔は無表情で、生気が感じられない。

ごめんな、すぐに行くから、もう少し待っていてくれ。

「エレナ！　俺も一緒に戦うぞ。ただ、戦闘に関しては素人だから、補助に徹《てっ》する。指示をくれ」

「ですが……」

「確かに、今すぐアンナちゃんのもとに行きたい。でも、俺にとってお前達みんなもアンナちゃんと同じくらい大事な存在なんだ。これでゴブ一朗が死んだら、意味がない」

「……わかりました。ですが、決してあの男の大槌の間合《まあ》いには入らないでください。ゴブ一朗先輩もそれで構いませんね？」

「グギャ‼」

ゴブ一朗はそう返事をすると、エレナと共に再度大男に向かっていった。

ゴブ一朗が接敵《せってき》するタイミングに合わせて、マリアの弓が飛んでくる。

しかし大男は想像以上の速さで大槌を振るい、向かってくる矢ごとゴブ一朗を迎え撃った。

「俺の一撃を受けて生きてるとか、お前、ただのゴブリンじゃねーだろ？」

「グャギャゲ！」

「そうだったな、話しかけた俺が馬鹿《ばか》だった。他のも殺さないといけないから、お前はさっさと潰れろ」

そう言うと、男はゴブ一朗に向かって再び大槌を振り下ろす。

俺は補助するタイミングを見計らいながら、ゴブ一朗達の戦闘を見守る。

しかし、これはまずいぞ。

大男はリンにも引けを取らない速さで動く上に、その大槌の一撃は、洞窟全体を震動させるほどの重みを持っている。

このままだと、俺達よりも先に、洞窟の方が耐えられず、崩落しそうだ。

周囲を見ると、大槌が振るわれる度に壁面が剥がれてパラパラと落ちてきている。

これは早急になんとかしないと、俺達まで生き埋めになってしまう。

「ゴブ一朗！　早いとこそいつをなんとかしないと、洞窟がヤバいぞ‼」

「グギャギャ‼」

ゴブ一朗は気合いの入った返事で応え、大男への攻撃の速度を上げた。

「おっ？　やるじゃねーか。だけど、ちっと足りねーな」

俺も援護《えんご》のために大男の足元を『土魔法』で泥濘《ぬかるみ》に変えようと試みるが、ああも速く動かれてはピンポイントで命中させるのは難しい。

周囲にはゴブ一朗以外にもエレナやリンが動き回っているので、下手をすれば邪魔しかねない。

どうすればいい？

俺に何ができる？

頼みの『スキルブック』で何か役に立つスキルがないか調べようと思ったその時……俺は自分が土ショートソードを持ったままだということに気づいた。

あれ？　これなら『土魔法』で動かせるんじゃないか？

俺は魔力を流して〝これ〟が使えるかどうか確認しながら、急いで他の奴らの状況を見る。

みんな他の黒の外套メンバーを倒し終え、遠巻《とおま》きにゴブ一朗達の戦闘を見守っていた。

これは行けるかもしれないぞ。

（全員、聞こえるか⁉　俺が合図をしたら、一斉にその手に持った土ショートソードを大男に投げろ‼）

俺の突然の『念話』に反応し、周囲に待機していたみんながこちらを見る。

中には何故そんなことをするのかと、訝しげな眼差《まなざ》しを向けてくる者もいる。

確かに、戦っている最中にいきなり大量の土ショートソードが飛んで来たら、ゴブ一朗達に当たりかねない。

大丈夫だ。流石の俺でもそこまで無謀《むぼう》なことはしない。

（ゴブ一朗、少し下がって奴と距離を取れ！）

俺は『念話』と同時に、大男の足元を少し広めに泥濘へと変える。

「ああ？」

だが、予想通り動き回って勢いがついており、地面も柔《やわ》らかくなった程度なのですぐに跳《と》んで抜け出されてしまった。

それでも今は構わない。

（全員投げろ‼）

俺の合図で、みんなが一斉に土ショートソードを大男に向かって投げた。

俺の目の前で泥濘から跳躍《ちょうやく》した大男に向かって、数十本の土ショートソードが飛んでいく。

「おいおい、こんな適当に投げたって、当たるわけねーだろ⁉　数ありゃ良いってもんじゃねーぞ！」

その土ショートソードを叩き落とすべく、男が大槌を振るおうとした瞬間、俺は『土魔法』で土ショートソードを泥《どろ》に変えた。

「っち！　なんだこりゃ⁉　バカにしてんのか！」

全身泥まみれになった大男は、不快そうにこちらを睨みつける。

何が起きたかわかっていないようだが、もう遅い。

俺はすかさず大男に付着した泥を硬化する。これでもかというほど硬化を重ねた。

さらに、足元の土も固めて、身動きを封じる。

「クソ、何しやがった！」

「俺の『土魔法』で作った剣は軽くて頑丈《がんじょう》って評判なんだよ。硬度を高めるために砂鉄とか、色々練《ね》りこんであるからな。もう取れないぞ」

俺は土の鎖《くさり》で雁字搦《がんじがら》めになった大男を見た。

漫画みたいに土の剣を空中に浮かせて、自在に飛ばせたらもっと攻撃手段が増えるのだが、どうやら形状を元に戻すか固めるかの二択しかできないようだ。残念。

だが、今はこれで十分だ。

「ゴブ一朗、任せたぞ」

「グギャ!!」

そう返事をすると、ゴブ一朗は瞬時に大男の首を落とした。

戦闘を終え、急いでみんなの状態を確認したが、致命傷を負った者はいなかったようだ。

俺は改めてアンナちゃんのもとへと向かった。

重なっている人間の山からアンナちゃんを引き出すために触れると、その体はすでにとても冷たかった。

最悪の事態を想像して、動揺のあまり手が震える。

しかし、アンナちゃんの胸の辺りがわずかに上下しているのが見えた。

急いで胸に耳を当てると、かすかに……もの凄くか弱い音だが、確かに鼓動《こどう》が聞こえる。

まだ間に合うかもしれない……

俺は急いでアンナちゃんに『回復魔法』をかける。

しかし、どれだけ『回復魔法』をかけても、一向に顔色が元に戻らない。

何が問題なんだ？

俺は『鑑定』でアンナちゃんのステータスを見る。

……そこには〝魔力枯渇〟の文字があった。

魔力枯渇？　どういうことだ？

確かにアンナちゃんの魔力は０だ。だが、彼女は魔力を消費するようなスキルは持っていない。

黒の外套が何かしたのか？

わからない。

俺はスキルブックを開き、魔力を譲渡《じょうと》できそうなスキルを探す。

だが、肝心な譲渡系のスキルがどこにも見つからない。

まずいな、どうすればいい？

このまま放置すればアンナちゃんの容態《ようだい》は悪くなる一方だ。

その時、先日ダンジョンで新しくスキルブックに増えた『付与』スキルの存在に思い当たった。

これで魔力を付与できないか？

俺は藁にもすがる思いで現在持っている全ポイントをつぎ込み、『付与』をＬＶ５まで取得した。

できればＬＶ１０まで取得したいが、ポイントが足りない。

早速、魔力を付与できないか試してみる。

すると、以前取得した『魔力制御』と『付与』スキルが反応し合い、少しずつだがアンナちゃんに魔力を分け与えることに成功した。

どれぐらい魔力を送っていただろうか、蒼白《そうはく》だったアンナちゃんの顔に少しずつ赤みが差してくる。

周りを見ると、ゴブ一朗達は倒した黒の外套一味の魔石を回収し終え、広場にある物を物色しはじめていた。

等級の高そうな魔石があれば持ってくるように言おうとした時、腕の中から声がした。

「ん……あれ？　おじさん？　こんなとこで何をしているの？」

「あぁ、良かった……」

俺はそう呟くと、温かさを取り戻したアンナちゃんを強く抱きしめた。

＊＊＊

あれからアンナちゃんが動けるまでに回復するのに、結構な時間がかかった。

やはり、魔力が枯渇すると、体力的に回復していても体を動かし辛かったり、全身のダルさが残ったりするようだ。

さらに一度魔力が0になった後遺症《こういしょう》か、アンナちゃんは髪の大部分が白く変色してしまっている。

あんなに綺麗な桃色の髪の毛だったのに……もう元には戻らないのだろうか？　しかし、手段がわからない以上、様子見するしかない。

それでも、手を振れば微笑《びしょう》を返してくれるくらいにはなったから、ひとまず安心だ。

俺はアンナちゃんから視線を戻し、彼女と共に積み重ねられていた他の人達の治療を開始した。

鑑定したところ、彼らも魔力枯渇の症状が出ているものの、まだ辛《かろ》うじて生きているようなので、年齢が低い子や体力がなさそうな人から順に対処を始める。

半分くらいが意識を取り戻しつつあるが、まだ動ける人は少ない。

治療を行っていると、エレナが『召喚』で蘇らせた黒の外套から得た情報や、今回の収穫物について報告しに来た。

なんだろう、心なしかエレナや後ろに控えるマリアやリン、ゴブ一朗達が少し気落ちしているように見える。

「なんか元気ないけど、どうしたんだ？」

「いえ、今回もケンゴ様のお手を煩わせてしまったので……」

「ああ、そんなことか。別に気にしなくていいぞ。みんな最近進化したばかりでLV自体は低くなっているんだし、こちらに被害がなかっただけでも上々だ」

俺は落ち込むエレナ達を励ましながら、本日の成果を聞いた。

――報告によると、この広場にはかなりの資材があったらしい。

武器や防具、貨幣《かへい》に食料、さらにいくつかの魔道具まであった。

連中は王都に戻ると言っていたので、恐らく、街にある拠点からめぼしいものを運び出していたのだろう。

これで我が拠点の物資も少しは充実するな。

一方、召喚された黒の外套の一味からの情報では、どうやらアンナちゃん達は、魔力を収集するために集められたようだ。

街の人に対して事前に魔道具を使って魔力を測定し、魔力の数値が高かった者を集めて、この拠点にある黒い球体の魔道具で魔力を吸い取っていたようだ。

集めた魔力の用途《ようと》は、こいつらにもわからないという。王都の支部長からの命令で、知りたければそいつに聞くしかない。

さらに、俺が疑問に思っていた街からの脱出経路も判明した。

アルカライムには地下通路がいくつか存在しているらしく、いつでも出入りできるとのことだ。さらに、王都にも奴ら専用の通路があるんだそうだ。

おいおい、この街はともかく、王都の警備がザルすぎるんじゃないか？

とはいえ、地下通路は魔法的に偽装されているので、黒の外套のメンバーが持つカード型の魔道具がなければ出入りできない。

この拠点にもそのカード型魔道具が四つあったので、後で試してみよう。

とりあえず、王都の隠《かく》れ家《が》の場所と、わかる限りのメンバーの名前を書かせ、用が済んだら死体に戻ってもらった。

今回、こいつらはアンナちゃんに対して絶対許されないことをやった。そんな連中を召喚して仲間に加えるつもりは一切ない。

俺は未だにくすぶる怒りを静めようと、治療に専念した。

街への帰還《きかん》

洞窟で一晩休息し、翌朝、俺達はようやく街へと帰還しはじめた。

中には歩き辛そうな人もいたが、洞窟の近くに連中が使っていたと思《おぼ》しき馬と馬車が何台か発見できたので、そちらに乗ってもらった。

ゴブ一朗達はなるべく街の人とは顔を合わせないように離れた場所に待機させ、こっそり拠点に送り返した。

魔物である彼らを見て、捕まっていた人や街の人達がパニックを起こす可能性があるからだ。なるべく穏便に行動するためには仕方がない。

それから半日ぐらい歩いて、ようやく街が見えてきた。

昨日はそんなに遠く感じなかったのだが、あの時はかなり焦っていたからな。

街の門に着くと、俺達はいつも通り検問《けんもん》の列の最後尾《さいこうび》に並んだ。

待っている最中は、以前と同様に俺の膝の上に座ったアンナちゃんに、童話を聞かせて時間を潰した。

あぁ、楽しそうにはしゃぐ彼女を見ていると、癒やされる。

しばらくすると、守衛所の方から一人の守衛が血相を変えて走ってきた。

どうしたのだろうか？

「おい！　お前、ケビンか⁉」

どうやらこの守衛は、俺が助けて連れてきた男の一人と知り合いみたいだ。

ケビンと呼ばれた男は飄々《ひょうひょう》と応える。

「あぁ、久しぶりだな、ハンジ！　えらい真面目《まじめ》な顔して、今日は酒を飲んでないのか？」

「お前、急にいなくなりやがって、俺がどれだけ心配したと思ってる‼　どこに行ってたんだ？」

「実はな、黒の外套の一味に捕まって死にかけてたんだわ……。そしたら、そこの馬車の上にいる人が助けてくれてな。ホント、命拾いしたぜ。あ、この辺にいる人は全員俺と同じ境遇《きょうぐう》だから、捜している人がいると思うぞ」

「黒の外套だと？　それは本当か⁉　俺の手に負える案件じゃねーな。おい、あんた！　ちょっと守衛長呼んでくるから、ここで待ってろ」

ケビンの言葉を聞き、守衛はますます慌てた様子で守衛所に飛んでいった。

なんだろう、もの凄く面倒くさいことになりそうな気がする。

こういう時、神様の幸運は絶対に仕事をしないからな。

言われた通りに待っていると、守衛所の方からかなり大柄な男がこちらにやって来た。

「俺がこの街の守衛長をやっているランスだ。この人達を助けたというのはお前か？」

ランスという守衛長は、妙に鋭い眼光《がんこう》でこちらを睨んできた。

俺、何かしたかな？

膝の上にいるアンナちゃんが怯えるからやめてほしい。

「そうです。一応、治療したのは私ですね」

「お前みたいな奴が黒の外套を倒せるようには見えないな。どうやってこの人達を助け出したんだ？」

なんだろう、素直に助けられた人の帰還を喜ぶだけでは駄目なのだろうか？

ゴブ一朗達のこともあるし、あまり多くは話せない。

「仲間と一緒に黒の外套の隠れ家に行って、そこにたむろしていた連中を殺し、捕われていた人達を助けただけですよ」

「ふざけているのか？　どうやって黒の外套の隠れ家の場所がわかった？　中にはどれだけの人数がいて、どんな物が置いてあった？　そしてその隠れ家の場所はどこだ？　全て答えろ」

「そこまで詳しくは答えられません。だけど、中には五十人くらい黒の外套の人達がいましたよ」

「五十人だと？　……そいつらはどうしたんだ？」

「全て殺しましたよ」

「証拠はあるのか？」

守衛長が詰め寄ってくるので、エレナを呼んで、馬車からメンバーの生首を持ってこさせた。

拠点襲撃に失敗したクリフォードさんへの手土産《てみやげ》にするために、回収してきた。

守衛長は袋に入った首を改め、顔をしかめる。

「……‼　本物のようだな……それだけか？」

「いいえ、五十人分ありますよ」

「では、それを全てここに置いていけ。あと、その隠れ家にあった物も全部だ。調査に使う。そうしたら、もう行っていいぞ」

「お断りします。みんな、問題ないようだから、このまま街に入ろうか」

無視して進もうとする俺の肩を、守衛長が後ろから掴んだ。

「おい、待て‼　俺はここに全て置いていけと言ったぞ⁉」

「あなたはいったいなんの権限《けんげん》があって、人の私財を置いていけと言っているんですか？」

「俺はここの守衛長だ‼　街に入る怪しい者を検査する義務がある‼　俺が認めなければ、街に入ることはできないぞ‼　わかったら、言われた通りに置いていけ‼」

こいつはなんでこんなに固執《こしつ》するんだ？

怪しさしかない。

やはり『神の幸運』は死んでいる。というか、厄介事を運んできてないか？

俺は信頼度が地の底に落ちた『神の幸運』を嘆きながら応える。

「ええ、わかりました。では、街に入るのは諦めます」

「なんだと⁉」

「入れないのは私だけですよね？　この人達は元々ここの住人ですし、心配している家族がいるはずなので、早く家に帰してあげたいのですが、よろしいですよね？」

「くっ！　いや、駄目だ‼　怪しい人物が連れてきた人間だ、身分の証明がされない限りはこの街には入らせない」

「本気ですか？　この人達は被害者ですよ？　街に入れないと、ここでキャンプしなければなりません。でも、ここは人目に付きます。助けられた人達が守衛に拒絶されて街に入れないと、すぐに噂が広まるんじゃないですか？」

俺は理屈が通じないランスに呆《あき》れて溜め息をつく。

「ぐ……うるさい‼　俺が認めないと言ったら認めない。俺は街に入れる条件をちゃんと出しているんだ。それをお前が拒否するのが悪い。この人達はお前に巻き込まれているだけだ、可哀想にな。気が変わったらいつでも言え。俺に謝罪し、黒の外套の首と拠点にあった物を置いていくなら、いつでも入れてやる。それじゃここで周りに恨まれながら気長に待つんだな、ハハハ」

そう言い残して、ランスは門の向こうへと消えていった。

やはり面倒事だったな……

さてどうしようかな?

ひとまず、ギルドに報告だけでも入れておこう。

俺は街を囲む外壁を見ながら、洞窟で手に入れたカード型の魔道具を取り出した。

俺はそのカードを手に持ち、詳しく見てみる。

一見なんの変哲《へんてつ》もないただの薄い板で、冒険者証の方がはるかに見栄《みば》えが良い。

街へは転移を使えば簡単に入れるが、今回は隠し通路の確認がてら、この魔道具を使ってみることにした。

まずは黒の外套から聞き出した情報に従って、このカード型魔道具に魔力を通してみる。

すると、手の中でカードが少し引っ張られる感覚があった。

エレナや街の人達を残し、カードの導きに従い、俺は街の外壁に沿って移動する。

そのまま少し歩くと、カードは外壁のある一点を示して震えだした。

警戒しながら、さらに外壁に近づいてみたところ、カードがほのかに発光し、目の前の外壁が周囲よりも薄く、透けて見えるようになった。

恐らくこのまま外壁を通り抜けることができるのだろう。

ていうか、全然〝地下〟通路じゃないじゃん。

俺は情報を提供した黒の外套にツッコミを入れながら、外壁をくぐった。

真っ暗な空間を手探《てさぐ》りで進み、外壁を抜けた先は、いかにも人目につかなそうな、奥まった路地裏だった。

なるほど、たとえ偽装されていなかったとしても、ここなら気付く人は少なそうだな。

全然土地勘《とちかん》がない場所に放り出された俺は、少しばかり迷子になりながら、冒険者ギルドに向かった。


冒険者ギルドに入ると、いつもと変わらない賑《にぎ》やかな風景が広がっていた。

ただ、酒場のカウンターに一人項垂れて座っているザックさんだけが、どんよりと暗い空気を出している。

彼は俺が声を掛ける前にこちらに気づいたのか、席を立って駆け寄ってきた。

「ケンゴ殿‼　娘は！　アンナは見つかりましたか？　あれから街の中を一晩中捜したのですが、痕跡一つ見つけられず……もうどうすればいいかわかりません。何かしらの手がかりだけでもいいのです。何か見つかりませんでしたか？」

ザックさんは昨日と比べても明らかにやつれているし、かなり参っているみたいだな。

早くアンナちゃんを保護したことを教えてあげないと。

「ザックさん、まずは落ち着いてください」

「はい……まさか、アンナはっ……」

ザックさんが縋《すが》るような目で見てくる。

「アンナちゃんは私が無事に保護しました。安心してください。とても元気にしていますよ」

それを聞いた瞬間、彼は疲労で閉じかけていた瞼《まぶた》を見開き、周囲を何度も見回した。

「どこにっ‼ アンナはどこにいるんですか⁉」

もはや一刻たりとも我慢ができないのか、ザックさんはこちらに掴みかかる勢いで声を張り上げた。

まぁ、可愛い一人娘がいなくなったのだ、気が気じゃないだろう。

「ザックさん、落ち着いてください。今ちょっと問題があって、アンナちゃんはここにはいないんです。だけど安心してください。今エレナが面倒を見ています。問題さえ解決すれば、今日中に会えますよ」

「そうですか……。ケンゴ殿、取り乱して申し訳ありませんでした。娘のことが心配で一睡《いっすい》もできなかったものですから、少し興奮してしまったようです。それで、その問題というのは、解決できそうなんでしょうか？」

「はい。そのために、ある人の手を借りに来ました。恐らく大丈夫だと思いますよ。なんやかんや言っても、動いてくれますし」

「その人とはどなたですか？」

「クリフォードさんですよ」

ザックさんと別れた俺は、いつも通りリアナさんに仲介《ちゅうかい》を頼み、ギルドマスターの部屋を訪れた。

「それで、僕に話があるらしいけど、今日はなんの話かな？」

黒の外套の摘発《てきはつ》に失敗したせいか、クリフォードさんは少しばかり苛立《いらだ》たしげにペンで机を叩いている。

「そういえば、黒の外套の一味への襲撃は失敗したみたいですね？」

「……君は、僕にケンカを売りに来たのかな？」

「とんでもない。ただ、情報を提供した手前、気になっていたので。クリフォードさんがこの街の黒の外套の隠れ家に踏み込んだ時、中はもぬけの殻だったんじゃないですか？」

「あぁ、その通りだ。君が僕に手の込んだ悪戯《いたずら》をしたんじゃないかと、本気で疑ったよ」

「それはすみませんでした。けれど、あの情報は本物ですよ」

「わかっているよ。一応襲撃前の下調《したしら》べで裏は取れたからね」

「失敗の原因は、その情報がクリフォードさんのところから漏れた点です」

俺の言葉を聞き、クリフォードさんがぴくりと眉を動かす。

「僕のところから漏れる？　それはどういうことかな？」

「ギルドに内通者がいるんですよ」

「君はこのギルドに裏切り者がいると言うんだね？」

「はい、そうです」

「冗談を言っているようには見えないね。ただ、それが本当だとしたら一大事だ。情報の出所《でどころ》は、この前みたいに内緒なのかい？」

「はい、内緒です。信じる信じないはクリフォードさんに任せますよ。それと、最近この街で行方不明者が大勢出ているのは知っていますよね？」

「もちろん。僕の方でも捜査を行っているよ。けど、誰一人見つからないし、痕跡すら残っていない。まるで神隠《かみかく》しだね」

「実は、その神隠しに、私の知り合いが巻き込まれましてね。調査していたら、クリフォードさんの襲撃から逃れたと思《おぼ》しき黒の外套と出くわしたんです。そいつらの後をつけて隠れ家を見つけたんですが、そこに行方不明になっていた人達が捕らわれていましたよ」

「なんだって⁉　それが本当なら、すぐに救助に向かわないといけない‼　事が事だ、緊急依頼を発動する。流石に今回は内緒とは言わないよね？」

「落ち着いてください、そこにいた黒の外套は全て始末しました。それに、捕らわれていた人も全員無事に保護していますよ」

「……それは冗談じゃないんだよね？　何か証明する物はあるのかい？　もしからかっているなら、本気で怒るよ？」

「いえいえ、本当ですよ。これをどうぞ」

俺はそういうとエレナから預かった生首をクリフォードさんの前に出した。

「これは……？」

「これは黒の外套の一味の首です。一応あと五十人分ほどありますよ」

「五十か……。一応、証拠としてこちらに譲ってもらうことは可能かな？」

「いいですよ。これからもクリフォードさんとは良い関係を築いていきたいですしね。後でどこに置いていけばいいか教えてください。それから、二つほどお願いがあるのですが、よろしいでしょうか？」

「君が僕にお願い？　内容にもよるけど、何を言われるのか、ちょっと怖いね」

「そんなに難しいことじゃありませんよ。一つ目は、これを調べてほしいんですよ」

そう言って、俺は手の平大の黒い球体をテーブルに置いた。

「これは？」

「黒の外套の隠れ家で見つけた物です。今回、行方不明者が大勢出た原因だと思います。

連中は魔力を多く保持している人を誘拐し、その人達から魔力を奪ってそれに蓄積《ちくせき》していました。上の命令で派遣《はけん》されていたみたいですから、他の街でも行方不明者が出ているなら、原因は同じだと思います。ただ、私にもこれの用途がわからないんですよ。また自分の知り合いに被害が出ても困るので、クリフォードさんに詳しく調べてもらいたいんです」

その話を聞いた瞬間、クリフォードさんの表情が一層険しくなる。

「それが本当だとしたら、この国どころか周辺諸国にとっても重要な話になってくる。黒の外套はいろんな国で活動しているからね。この国でも、王都を含め各街で似たような行方不明者が何人か出ているという話は、僕の耳にも入っている。その原因究明の手がかりを、君は僕に提供してくれるのかい？　この情報を欲しがる者は、星の数ほどいると思うけどね？」

「ですから、クリフォードさんに渡すんですよ。あなたなら悪用せず、必ずこの街や国のために役立ててくれるでしょう？　そうしたら、回り回って僕が守りたい人達の危険が減るんですよ。それに、これでも私はクリフォードさんを信用していますしね」

「まさか、君からそんなことを言われるなんて夢にも思っていなかったね。わかったよ、確かにこれは僕が預かった。早急にこの魔道具らしき物を究明し、被害に遭う人が一人でも減るように努力すると誓《ちか》うよ」

「ありがとうございます。お礼というわけじゃないんですが、これは私からプレゼントです」

懐《ふところ》から薄汚れたカードを出して、彼に渡した。

「これも、何か黒の外套関係の物なのかい？」

「そうです。実はこの街や王都には隠された通路があって、そのカード型の魔道具を使えば、簡単に出入りできるんですよ。これじゃあいくら検問しても意味がないですね」

クリフォードさんは受け取ったカードをしげしげと眺《なが》める。

「まさか……いや、君がここで言うんだから、本当なんだろうね。しかしなんということだ。よもやそんな通路があったなんて……。まずいな、これは早急に調べて、領主と相談する必要があるね」

「対処はお任せしますよ。あと、もう一つのお願いなんですけど……」

「構わないから、言ってくれ」

「黒の外套から助け出した人が、街に入れないんですよ。なんとかなりませんか？」

「なんだって⁉　それはどういうことだい？」

「今朝《けさ》、街の門から中に入ろうとしたら、守衛長から止められて、黒の外套の遺体や拠点にあった物を置いていかないと街には入れないと言われました。今、保護した人は全員、壁の外で待ちぼうけをくらっているんですよ。どうにかなりませんか？」

「それは守衛の領分を大きく逸脱《いつだつ》しているね。今外にいる人達は誘拐された被害者だ。それを蔑ろにし、あまつさえ、彼らを助けた君から正当な理由もなく私財を奪おうとする行為は許されない。たとえ黒の外套のアジトで回収してきた物であってもね。僕は少し寄る場所ができたから、君はその被害者の所に行って、待っていてくれないかい？　なるべく早く行くよ」

「わかりました。よろしくお願いします」

俺の返事を聞くなり、クリフォードさんは早々に部屋を出ていった。

俺はギルド職員に黒の外套の首を全て引き渡してから、エレナ達と合流するために外に向かった。

＊＊＊

街の門前のキャンプ地に戻ると、例の守衛長がエレナに何か言っていた。

なんの用かな？

「おい、あの男はどこに行ったんだ？　まさか、お前達を置いて一人で逃げたんじゃないだろうな？」

どうやら俺に用があるようだ。

俺は近づきながら、ランスに声を掛ける。

「こんにちは、ランスさん。まだ数時間も経っていませんが、なんの用ですか？」

「いやなに、そろそろ後悔して謝罪を申し出てくる頃かと思ってな。わざわざ俺が来てやったんだ。どうだ？　黒の外套の首と回収した物を渡す気になったか？」

「いえ、特に心変わりする理由もないので、謝罪するつもりはありませんよ。わざわざご足労《そくろう》いただいて申し訳ありません」

「なんだと⁉　いい加減にしろ‼　この人達はお前のせいで街に入れないんだぞ？　お前には罪悪感というものはないのか？」

「一応、罪悪感はありますけど、自分のせいだとは思ってないので。現状では、他に街に入る手段がない以上、諦めるしかないですね」

「だから‼　お前が謝罪して、黒の外套の首と物資を置いていけば入れると言っているだろう‼」

「謝罪するのは良いですが、黒の外套の首なんて持っていませんよ？」

「どういうことだ⁉　さっきは持っていただろう？」

「人にあげました」

それを聞いて腹を立てたランスは、大声で怒鳴《どな》り散らす。

「ふざけるな‼　どれだけ人を馬鹿にすれば気が済むんだ‼　人にやったのなら、取り返してこい‼　でなければ、永久に街に入れないからな‼」

そこに、背後からバタバタと複数人の足音が聞こえてきた。

「へぇー、君には街への立ち入りを永久に禁止する権限はないと思うんだけどね？　どういうことかな？」

見知らぬ顔を複数人従えた、クリフォードさんだ。

皮肉っぽい笑みを浮かべて肩を竦める彼を見て、ランスが露骨に顔をしかめる。

「なんだ、お前は⁉　関係ない奴は引っ込んでいろ‼」

「僕はこの街の冒険者ギルドのギルドマスターをやっている、クリフォードという者だよ。守衛長なのに、知らないのかな？　確かに僕は直接関係ないかもしれないけど、知り合いが困っているんだ、事情ぐらい聞いてもいいだろう？」

「ギルドマスターだと？　なんでそんな奴が急に出てくるんだ……」

さっきまでの勢いはどこへやら、ランスはばつが悪そうに口ごもる。

「そんな奴とは酷いね。それで、どうして君は僕の知り合いを街に入れてくれないんだい？」

「こいつが……危険な物を所持しているからだ……」

「危険な物？　それはなんのことだい？」

「ぐっ、黒の外套に関連する物だ」

「へぇー、なんでケンゴさんがそんな物を持っていると思ったのかな？　それに、本当にケンゴさんはそんな物持っているのかい？」

クリフォードさんの目配《めくば》せを受けて、俺は首を横に振る。

「いいえ、持っていませんよ」

「お前‼　さっきは持っていただろうが‼」

「記憶にありませんね。ランスさんの勘違いじゃないんですか？」

「ふざけるな‼　俺を騙《だま》したのか⁉」

「騙したつもりはありませんよ。そもそも、私は被害者の方を連れて街に入ろうとしただけです。それをあなたに止められているだけなので、騙すも何もないと思いますけど」

「クソッ‼　いい加減にしろ‼　お前はいったい何がしたいんだ⁉」

ランスは怒りに顔を真っ赤にして俺に食ってかかる。

そんなに怒鳴るような内容だっただろうか？

「へぇー、ということは、君は不当に僕の知り合いを街に入れないだけではなく、この人達が黒の外套の被害者だと知りながら、街に入れなかったというわけか。どういうつもりかな？」

「ぐっ……それは、お前には関係ない‼」

「そうだね、僕は街の出入りを管轄《かんかつ》する守衛に口を出す権限は持ち合わせてないからね。

ねぇ、この件についてどう思う？　リグリット」

クリフォードさんがそう呼びかけると、彼の後ろから五十代と思《おぼ》しき初老の男性が現れた。

見るからに服装も豪勢で、雰囲気が普通の人とは違う。たぶん偉い人なのだろう。

「そうだな、俺の街を守護する者にあるまじき蛮行《ばんこう》だ。まさかこのような輩が我がアルカライムの守衛長だとは……俺はもう、恥ずかしくて表を歩けねーよ」

その言葉を聞き、ランスが身を強張らせる。

「りょ、領主様‼　なんでこんな所に⁉」

領主⁉　クリフォードさんの時も思ったが、この街のお偉方《えらがた》はフットワークが軽すぎる。

こうやっていきなり出てくるのが普通なのだろうか？

「あぁ。クリフォード《こいつ》から、アホな守衛がいるって聞いて見に来てみれば、まさかそれが守衛長だとは思ってもみなかったわ。こりゃ傑作《けっさく》だ。ガハハハ」

「ハハハ、傑作ですか……」

力なく笑うランスに、リグリットさんが凄む。

「お前《め》ぇ、何が面白いんだ？　ここに来る途中でも既に噂になっていたんだぞ？　誘拐されて苦しんだ人がようやく助かったと思ったら、今度は街から締め出されているってな。この後、領主の俺はなんて言われると思う？　考えるだけでも恐ろしいわ」

「で、ですが領主様……」

「黙れよ。もうお前は今この瞬間から俺の街の住人じゃねぇ。おい！　こいつを捕らえろ‼」

領主様の命令で、後ろで控えていた衛兵達が一斉に飛び掛かり、ランスを拘束する。

「殺すんじゃねーぞ！　こいつには牢屋《ろうや》の中でいろいろ聞きたいこともあるからな」

「は、放せ‼　俺は騙されただけなんだ‼　悪いのはあいつだ‼　捕まえるならあいつにしろ‼」

必死の形相で俺を指差すランスに、クリフォードさんが冷たく言い放つ。

「見苦しいね？　街に入る大勢の人達から見られているんだよ。それに、被害者の家族がどう思っているかな？　君はもう終わりだよ」

「い、嫌だ‼　俺はこれからもっと、もっとデカい男になるんだ‼　こんなところで躓《つまず》くわけにはいかないんだよ‼　放せ‼」

ランスは最後まで無様に喚《わめ》きながら、衛兵に連れていかれた。

騒ぎが収まったところで、領主様がこちらに話しかけてきた。

「いや、本当にすまなかった。改めて、俺はこの街の領主であるリグリット・ディ・アルカライムだ。君がケンゴ殿かな？　俺の街から黒の外套を掃除《そうじ》し、さらに行方不明になっていた人達も見つけ助け出してくれたと聞いている。本当に助かった。ありがとう、感謝する。しかし、考え足らずの馬鹿がやったこととはいえ、俺達はその恩を仇《あだ》で返してしまった。この街の代表として、深く謝罪する。本当に申し訳なかった」

そう言うと、リグリットさんはその場で深く頭を下げた。

周囲のみんなの視線が俺へと集まる。

領主という立場からして、彼は貴族なんだと思うけど、どう反応していいかわからない。

「……いえいえ、気にしないでください。知り合いを助けに行ったら、たまたま黒の外套や行方不明の人達がいたというだけです。リグリットさんも、目の前で女性が暴漢《ぼうかん》に襲われているのを見たら助けるでしょう？」

「それとは規模が違うよ。君に対する正式な謝礼と、謝罪が必要だ。こんなんでも俺は、この街の領主だからな。うやむやにはできないんだよ」

貴族も大変なんだな。

けど、この人は本当に有能そうな人だ。街が活気に溢れているのもわかる気がする。

「この件に関しては、後日クリフォードを通して謝罪と謝礼の席を設《もう》けるから、ぜひ来てほしい。しかし、今日のところはこの被害者達を家に帰してやりたい。門の向こうには帰りを待っている家族が大勢詰めかけているんだ。一刻も早く会わせてあげたいんだが、構わないか？」

「ええ、構いませんよ。無事を知らせてあげてください」

リグリットさんはすぐに周囲に指示を出し、被害者の人達を門の方に誘導しはじめた。

門の内側には、家族の無事を確かめようと、大勢の人が集まっていた。みんな辺りを見回して、自分の家族や恋人がいないか、必死に捜している。

「お父さん‼　お母さん‼」

アンナちゃんもザックさん達の姿を見つけたらしく、声を張り上げて駆けていった。

「「アンナ⁉」」

一方、ザックさん夫妻はアンナちゃんの髪の色が変わっているのを見て一瞬驚いたようだが、すぐに駆け寄って、三人で抱き合った。

「アンナ‼　アンナ‼　あぁ良かった、本当に無事で良かった。どこも怪我していないかい？　酷いことをされたんじゃないかい？　ほら、もっと顔をよく見せておくれ」

「うん！　大丈夫だったよ。……いつの間にか知らない場所で寝ちゃったみたい。でも、おじさんが迎えに来てくれたから、大丈夫だったよ」

「おぉ、そうか。後でちゃんとお礼を言わないといけないね。しかし、本当に無事で良かった」

ザックさん夫妻は涙を流しながら、再び強くアンナちゃんを抱きしめた。

周囲にも、泣きながら家族との再会を喜んでいる人達がたくさんいる。

助けた甲斐があったな。

俺はこの結果に満足し、みんなが落ち着くまで少しの間、門の周囲を散歩した。

＊＊＊＊

翌日、アルカライムの街はちょっとしたお祭り騒ぎになっていた。

行方不明になっていた住民が無事に帰還し、悪名《あくみょう》高き黒の外套のメンバー殲滅《せんめつ》を祝して、リグリットさんが式典を主催《しゅさい》したのだ。

結局、昨日のランスは、黒の外套とは直接関係がなかったらしい。

彼は時々、ああやって立場の弱い者から不正な通行料を徴収《ちょうしゅう》し、私腹《しふく》を肥《こ》やしていたのだという。

街の中心にある広場では、今回の殲滅の立役者《たてやくしゃ》となった人物が、領主であるリグリットさんに表彰《ひょうしょう》されている。

〝彼ら〟はステージ上で大勢のご婦人方にもみくちゃにされていて、まさに時の人である。

そう、今回表彰されたのは俺ではなく……モーテン達だ。

俺とエレナの手柄《てがら》にしてしまうと、変な注目を浴びる恐れがあるし、ゴブ一朗達の存在をカモフラージュするためにも、あの場に立ってもらった。

五人組の冒険者パーティの活躍なら、少しは現実味があるだろう。

　そういえば、彼らはいつの間にか冒険者ランクがＤ級に昇格《しょうかく》している。俺はいまだＦ級だというのに、いったいどんな手を使ったのだろうか？

「みんな本当に楽しそうにしていますね」

　俺はステージを眺めながら、隣に座るザックさんに話しかける。

「はい。みんながこうして笑っていられるのも、全てケンゴ殿が黒の外套の殲滅や行方不明者の救助に尽力してくれたおかげです。本当にありがとうございました」

「いえいえ、本当に偶然が重なっただけですので、気にしないでください」

「それにしても、手柄を全て彼らに譲ってしまって、本当に良かったのですか？」

「ええ。私は目立つのが苦手ですし、彼らも救助や殲滅に参加していたので、資格は十分にありますよ。それに、彼らは一応私の部下なので、彼らが有名になると、私にもメリットがあるんですよ」

「そうなんですか。ケンゴ殿は色々と考えているんですね。私も何かお礼をしたいのですが、お役に立てることはありますか？」

「本当に、気にしなくてもいいですよ。今回は自分が助けたかったから動いただけです。特に見返りを求めているわけではありませんよ」

「いいえ、そういうわけにはいきません。私どもを野盗から助けていただいたお礼もしていませんし、今回は私がお願いする形でアンナを探しに行ってもらっているんですから。

何より、私がケンゴ殿のために何かしたいのです」

「そうですか……では、二つばかりお願いしてもいいでしょうか？　実は、先日奴隷を購入しまして、その子達に商売の手ほどきをしていただきたいのです。それから、もしその子達が商店を開くことがあれば、その支援《しえん》をお願いできればと。可能でしょうか？」

「そのくらい、お安いご用です」

ザックさんは一も二もなく快諾《かいだく》した。

「実は奴隷を購入したのはいいのですが、事情があって解放までの期間が短かったんです。まだ年若いその子達をこのまま解放しても、また奴隷に身を堕《お》としてしまうのではないかと心配で。でも、何か手に職があれば、今後の助けになると思い、ザックさんにお願いした次第です」

「お願いごとも他人のためとは……本当にケンゴ殿らしいですね。わかりました。私ザックが、ご期待に添えるように誠心誠意《せいしんせいい》努力させていただきます」

「そこまで気を張らなくていいですよ。いずれ私が作った品物も、その子らに商《あきな》いしてもらおうかとも考えているんで、どうぞよろしくお願いしますね」

「ケンゴ殿が作った物ですか……それは凄そうだ。いったいどんな物か想像もできませんね。わかりました、それまでに一人前の商売人に育ててみせます」

「よろしくお願いします」

俺はザックさんに一礼してから席を離れた。

＊＊＊

一人式典会場を後にした俺は、再びあの奴隷商に来ていた。

今回黒の外套の拠点で得た収入と、リグリットさんからの謝礼で、追加の奴隷を買うつもりだ。

「いらっしゃいませ、お客様。先日ご購入いただいた奴隷の具合はいかがでしょうか？」

「みんなしっかり働いてくれて、とても助かっていますよ」

「それは何よりです。今日はどんなご用で？」

店主はニンマリとした笑みを浮かべながら、俺を招き入れる。

「今回は以前見せていただいた他の奴隷を購入したいと思って来店したのですが、まだ彼らはいますか？　あと、他に新しく入荷した人がいれば、改めて教えてください」

「はい。幸い、まだ全員揃っていますよ。ただ、追加の人材の入荷はまだ先になりますので、ご了承ください。では、彼らを連れて来ますね」

先日紹介してもらった時にある程度詳しく見ているので、何も聞かずに全員現金で購入した。

いきなりの大盤振《おおばんぶ》る舞《ま》いに店主は少し驚いた様子を見せたが、特に口は挟まず、黙って用意した。わざわざ客の事情を詮索《せんさく》して商機《しょうき》を逃す必要はないと考えたのだろう。

こうして俺は、土木、服飾、鍛冶、石工のスキル持ちを購入し、ロングワープで拠点へと連れ戻った。


事前に『念話』で奴隷を購入して戻ると伝えてあったからか、広場でオルド達が受け入れ準備をして待っていた。

驚いている奴隷達を彼に預け、俺は本日予定していた仕事にとりかかる。

まずは、この間ダンジョンで得た魔石からの召喚。蟻とモグラとワームを五匹ずつと、あのダンジョンのボスだったミノタウロスだ。

改めて近くで見ると、ミノタウロスは大きい。

こんな大きな牛男を、あんな小さなリンとマリアが倒したなんて、未だに信じられない。

だが、こいつはもうこの拠点の一員だ。

これからは材木の運搬などの力仕事が多くなるので、役に立ってくれるだろう。

とりあえず、こいつらは拠点に残っていたポチに管理を任せよう。

最近拠点に関しては丸投げしてばかりで、みんなから不満が出ないか心配だけど……

次は、ランカ達にザックさんのもとで商売の手ほどきを受けてもらうことを伝えた。

彼女達は何故かあまりこの拠点から出たくないのか、呆然として、まるで死んだ魚のような目で俺を見る。

ところが、いずれ俺が作った物や、この拠点で生産した物を売ってもらう予定だと伝えたら、喜々《きき》として承諾《しょうだく》してくれた。

もの凄い変貌ぶりだ……。

俺は未だにこの子らの思考回路《しこうかいろ》が理解できない。

最後に、この間の戦闘で等級が10級と9級の奴らがレベル上限に達したので、強化していく。

さて、ここで問題になるのがマリアとリンだ。

召喚した奴らは10等級ならLVの上限は10で打ち止めなのに、マリアとリンは既にLV20を超えていて、まだ上限が見えない。

これはどういうことだろうか？

召喚した奴らとこの世界の住人は、成長のシステムが違うのか？

マリアとリンは従属化もしていないので、強化できるのかもわからない。

とはいえ、今いくら考えても答えは出ないので、彼女達がLV上限に到達してからにしよう。

拠点での仕事を終え、俺は自分の寝床へと向かった。

少しずつ建ちはじめた住宅部をぼんやり眺めながら、俺は今後のことを考える。

……これからどうしようか？

『スキルブック』の強化のためにダンジョンに潜りたいが、この前みたいに、うかつに俺が攻略してしまうと、ダンジョンが機能しなくなる可能性がある。

そうなると、そこでの収入を当てにしていた冒険者や、彼ら相手に商売する店、あるいはダンジョン産の物資を利用している店など、街の経済に深刻《しんこく》な影響が出かねない。

そうした事情を考えると、現状もうこのアルカライムでできることは少ないのかもしれない。

さらに、魔力を奪っていた黒の外套の動向も気になる。

ここらで王都に行くのも手か……。

今後の計画をあれこれ考えながら、その日は床に就いた。

＊＊＊

それから一週間。

漠然《ばくぜん》と王都行きを心に決めた俺だったが、気持ちよく旅立てるように、あれこれ準備に励んだ。

まず、毎日アルカライムへ戻って、アンナちゃんの具合を確認している。

魔力が完全に枯渇した影響で、何か後遺症のようなものが出ないか、まだ心配だ。

彼女の髪は相変わらず白髪が大部分を占めたままだが、今のところ特に変わった様子はない。

一応、俺が旅立った後も、ザックさんや、彼に商売の手ほどきを受けているランカには、引き続き経過観察をお願いした。

何かあってはいけないので、俺自身も、定期的に様子を見に戻ってくるつもりだ。

それから、拠点の開発状況を確認し、いくつかの要望に応えて、対処した。

まずは蟻とモグラからの要望。

なんと、彼らは協力して、拠点の地下に広大な空間を築いたのだ。

流石にこれには驚いた。

以前、俺が整地した時に地盤《じばん》を固めていたのが功《こう》を奏《そう》して、今でも崩落の危険はほとんどないが、万全を期すために、その地下空間の壁や柱を、『土魔法』で強固に補強した。

さて、この地下空間の利用方法だが、蟻が主導で食用キノコの栽培を始めている。

このキノコは試しに食べたオルド達にも好評で、ぜひ量産したいという話になった。

蟻達主導のもと、元農民達もこぞって地下に潜り、作業をしている。

次に、バトルビー達がどこかから盗《ぬす》んできたハニービーの卵が孵化しはじめた。

ゴブリンの出産はまだだというのに、ハニービーは卵から孵《かえ》るサイクルがかなり短いようだ。

俺はこの幼虫達の中に女王がいることを願いながら従属化を行っていった。

それから、建築部門の要請《ようせい》で、住宅区と生産区の視察をした。

住宅区に他の家と比べても数倍は大きな家が建ちはじめていて、何かの会合に使うのかと思って聞いたら、どうやらこれは俺の家らしい。

やめてくれ。

俺は一人身だぞ？ 掃除も大変だろうし、絶対に持て余す。

俺は狭い所が好きなんだよ。

できればこのまま、小さい箱形の寝床でひっそりと生活していたい。

だが、一生懸命《いっしょうけんめい》建築作業を進める者達を前にそんなこと言えるはずもなく……俺はただ苦笑するしかなかった。

さらに、生産区では石工、服飾、鍛冶、そして魔道具を生産する工房の建築も始まっている。

新たに買ってきた奴隷の職人達は、まさか自分の工房が持てるとは思っていなかったようで、かなり興奮している様子だ。

ともかく、これを建築し終えれば、いよいよ我が拠点で物資の生産が始まる。

今から楽しみだ。

俺は拠点の発展に思いを膨らませながら、旅立ちの準備を進めた。

＊＊＊

ついに王都に旅立つ日を迎えた。

俺は〝松風《まつかぜ》〟と名付けた馬に乗り、一人優雅《ゆうが》に異世界の景色を楽しみながら王都への道をのんびり進んでいる——

はずだったのに……

現実は、一人寂しく馬車の中で揺られていた。

何故こんなことになったんだ……。俺は拠点での出来事を振り返る。

拠点でみんなに王都に行くと告げたところまでは順調だった。

だが、エレナがさも当然といった様子で旅支度《たびじたく》を始め、自分も同行すると言い出した。

転移は自分でマーカーを打ち込まないといけないので、俺が行くのは仕方ないとして、

何故彼女がついてくるんだ？

旅の間は娯楽《ごらく》も少ないし、日中は移動しているだけだ。

しかも食事に関しては拠点での食事に比べかなり質素《しっそ》になる。

絶対、拠点に残って生活していた方がマシだ。

前回みたいに何かあったら絶対に呼ぶから——と、説得しても、エレナは頑なについてこようとする。

どうやら、前回ダンジョンでエレナの制止を振り払って、リンを助けるために穴に潜ったことが良くなかったようだ。

あれで完全に信用を失ったらしい。

押し問答を繰り広げているうちに、エレナの『念話』で、援軍《えんぐん》のゴブ一朗達が現れた。

その後、みんな凄い剣幕で俺を説得しだした。

ゴブ一朗達の言語は相変わらずわからないが、エレナの翻訳によると、とにかく、同行者がいなければ王都行きを実力で阻止《そし》するつもりみたいだ。

「わかった。わかったから、後ろで熊五郎を威嚇に使うのをやめてくれ」

と言いつつ、俺は『念話』を飛ばして、自分の側にも援軍を要請した。

そう、マリアとリンだ。

彼女らはまだ拠点に来て日が浅く、従属化もしていないので、俺にそこまで躍起《やっき》になってついてこようとはしないはずだ。

しかも、助けた時の恩がまだあるはずだから、俺に加勢してくれるだろう。

早速、マリアとリンが走ってくるのが見えた。

これでこの不利な状況も覆せる！

その時、俺は本気でそう思っていた……

だがそれは、大きな間違いだった。

全てはこいつらの手の平の上で踊らされていただけ。

はじめのうちは、マリアとリンは俺の話に頷いて、擁護《ようご》してくれているように見えた。

だが、王都に行く際の危険性についての話題になると、急に手の平を返してエレナ派に成り代わった。

しかも、自分達も一緒に行くとか言い出して、同行者が増える始末である。

駄目だ、この拠点には俺の味方は一人もいない……

俺は天を仰いで、全てを諦めた。

——そして現在、馬車に揺られている状況に至るわけだ。

この馬車の御者《ぎょしゃ》はエレナが務め、両サイドを馬に乗ったマリアとリンが固めるという布《ふ》陣《じん》である。

二人とも、馬に乗れたんだな……

それにしても……この世界に来て、ついこの間までは酸っぱい木の実を食べながら、一人でサバイバル生活を送っていたのに、ずいぶん仲間が増えたものだ。

少し過剰なところはあるけれど、こんな俺でも慕ってくれているのはわかる。

彼らのためにも、拠点をもっと繁栄《はんえい》させて、住みやすい環境を作らないとな。

俺は幻になってしまった優雅な異世界一人旅に思いを馳せながら、王都へ移動を続けたのだった。

あとがき

読者の皆様、初めまして。作者の大森万丈です。

この度は、文庫版『異世界をスキルブックと共に生きていく1』をお手に取っていただき、誠にありがとうございます。

デビュー作である本作が文庫化するということで、今回初めてあとがきを書かせていただきました。創作秘話《ひわ》……なんて言うほど仰々《ぎょうぎょう》しいものではないのですが、この作品を執筆し始めたきっかけをお伝えしますと、それは私の妹の一言でした。

と言うのも、昔から私の妹は趣味で小説のプロットや物語のキャラクターを作るのが好きで、いつもその話を聞かせてくれたのです。つまり、私がまずネット小説に触れる機会を得たのは、妹の影響が非常に大きかったといえます。

その過程で私は多くの作品と出会い、様々な種類の物語を読むたびに一喜一憂《いっきいちゆう》したものです。その結果、小説は今では私の人生で欠かせないものとなりました。

そうなると、徐々に自分でも小説を書いてみたくなりました。

そこで早速妹に相談すると「とりあえず、何でもいいから実際に自分で書いて第三者に見て貰い、感想を聞いてみては？」と言われて執筆したのが今作というわけです。

最初のうちは自分の好きな設定を盛りに盛ったエピソードを書いていて、とても楽しかった記憶があります。ところが、書き上げた作品を色んな方に読んでいただくと、やはり作り込みが甘かったのでしょう。読者の皆様には、本当に多くのご意見を頂戴し、読む以上に書くことの難しさを痛感《つうかん》した覚えがあります。

それでも、その数多くの指摘の一つ一つをしっかりと受け止めて、少しずつ直していったところ、こうして書籍として世に出すことができました。単行本制作の際には、担当編集さんからも怒涛《どとう》の如《ごと》く指摘＆校正をいただきましたが……（笑）、今ではそれもとてもいい思い出です。

応援してくださった皆様には、深く感謝を申し上げます。

色々と拙い作品ではありますが、読者の皆様が少しでも楽しんでいただけたら幸いです。

それではまた、次巻でも皆様とお会いできることを願っています。

二〇二一年七月　大森万丈

大好評発売中!
累計600万部突破!
(電子含む)
ゲート SEASON1
大好評発売中!
コミックス
最新19巻
大好評発売中!
単行本
文庫
漫画
漫画:竿尾悟
●本編1～5／外伝1～4／外伝+
●各定価:1870円(10%税込)
●本編1～5〈各上・下〉／
外伝1～4〈各上・下〉／外伝+〈上・下〉
●各定価:660円(10%税込)
●1～19(以下、続刊)
●各定価:770円(10%税込)
スピンオフコミックスもチェック!!
ゲート featuring The Starry Heavens
原作:柳内たくみ
漫画:阿倍野ちゃこ
1～2
ゲート 帝国の薔薇騎士団 ピニャ・コ・ラーダ14歳
原作:柳内たくみ
漫画:志連ユキ枝
1～2
めい☆コン
原案:柳内たくみ
漫画:智
●各定価:748円(10%税込)

大ヒット
異世界×自衛隊
ファンタジー
ゲート
自衛隊
彼の海にて、
斯く戦えり
GATE SEASON 2
1〜5
柳内たくみ
Yanai Takumi
著
1〜5巻
好評発売中！
文庫1〜2巻
（各上・下）
大好評発売中！
ゲート SEASON 2
1.抜錨編
GATE
自衛隊 彼の海にて、斯く戦えり
柳内たくみ
舞台は異世界の海！ゲート海自編、ついに開幕！
海上自衛隊VS
異世界海賊＆海軍！
累計420万部！ 超スケールの自衛隊×異世界ファンタジー！
●各定価：1870円（10％税込）
●Illustration：Daisuke Izuka
GATE ゲート SEASON 2
自衛隊 彼の海にて、斯く戦えり 1.抜錨編
柳内たくみ
上
『ゲート』シリーズ累計
ついに500万部突破！
（電子含め累計570万部）
豪華賞品が当たる
海自編、待望の文庫化！
GATE ゲート SEASON 2
自衛隊 彼の海にて、斯く戦えり 1.抜錨編
柳内たくみ
下
『ゲート』シリーズ累計
ついに500万部突破！
（電子含め累計570万部）
豪華賞品が当たる
海自編、待望の文庫化！
●各定価：660円（10％税込）
●Illustration：黒獅子

ネットで人気爆発作品が続々文庫化！

アルファライト文庫 大好評発売中!!

魔物蔓延る最果ての魔境で――
無自覚チート ダダ漏れの
お気楽ライフ!?

最強Fランク冒険者の気ままな辺境生活？1

紅月シン *Shin Kouduki* illustration ひづきみや

凶悪な魔物が跋扈する辺境の街で
天然勇者、田舎暮らしを大満喫!?

魔境と恐れられる最果ての街に、Fランクの新人冒険者、ロイがやって来た。過酷な辺境での生活は彼のような新人には荷が重い。ところがこの少年、実は魔王を倒した勇者だったのだ。しかも、ロイにはその自覚がないため、周囲は大混乱。彼が無意識に振りまくチートな力で、やがて街は大きな渦に呑まれていく――。元Sランク勇者の天然やりすぎファンタジー、待望の文庫化！

文庫判　定価：671円（10%税込）　ISBN：978-4-434-28978-1

アルファライト文庫

この作品に対する皆様のご意見・ご感想をお待ちしております。

おハガキ・お手紙は以下の宛先にお送りください。

【宛先】

〒150-6008 東京都渋谷区恵比寿 4-20-3 恵比寿ｶﾞｰﾃﾞﾝﾌﾟﾚｲｽﾀﾜｰ 8F
（株）アルファポリス　書籍感想係

メールフォームでのご意見・ご感想は右のＱＲコードから、
あるいは以下のワードで検索をかけてください。

アルファポリス　書籍の感想　検索

ご感想はこちらから

本書は、2019 年 7 月当社より単行本として
刊行されたものを文庫化したものです。

異《い》世《せ》界《かい》をスキルブックと共《とも》に生《い》きていく 1

大森万丈（おおもり ばんじょう）

2021年 7月 31日初版発行

文庫編集－中野大樹／宮田可南子
編集長－太田鉄平
発行者－梶本雄介
発行所－株式会社アルファポリス
〒150-6008東京都渋谷区恵比寿4-20-3恵比寿ガーデンプレイスタワー8F
TEL 03-6277-1601（営業） 03-6277-1602（編集）
URL https://www.alphapolis.co.jp/
発売元－株式会社星雲社（共同出版社・流通責任出版社）
〒112-0005東京都文京区水道1-3-30
TEL 03-3868-3275
装丁・本文イラスト－SamuraiG
装丁デザイン－ansyyqdesign
印刷－株式会社暁印刷

価格はカバーに表示されてあります。

落丁乱丁の場合はアルファポリスまでご連絡ください。

送料は小社負担でお取り替えします。


ISBN978-4-434-29103-6 C0193